한 여자 상사가
등학생으로
아갔더니
게 호감을
이는 이유

is my strict boss melted
e ?

4

그 비명을 들은 과장님의 표정이 바뀌었다.

"다 아는 듯이 말씀하지 마시라고요! 번지르르한 소리 늘어 놓지 마시라고요!"

타도코로 오니키치
Onikichi Tadokoro

사콘지 비와코
Biwako Sakonji

나카츠가와 나오
Nao Nakatsugawa

시모노 나나야
Nanaya Shimono

Character

우시키 오구리
Oguri Ushiki

카미조 토우카
Toka Kamijo

Contents

WHY IS MY STRICT BOSS MELTED
BY ME ?

엄한 여자 상사가 고등학생으로 돌아갔더니
내게 호감을 보이는 이유 4
~서로 짝사랑하는 사람들이
처음부터 다시 시작하는 고등학생 생활~

토쿠야마 긴지로

커버, 삽화, 본문 일러스트
요무

── ▌프롤로그

Why is
my strict
boss
melted
by
me?

"계속———, 정말 좋아했어요! 저랑 사귀어주세요!"

조개구름이 흘러가는 저녁놀 아래에서 나, 시모노 나나야는 연하 여자애인 우시키 오구리에게 고백받았다.

문화제 때 결판을 내겠다고 맹세한 바로 오늘.

그녀에게 고백을 받고 나서야 내 진짜 마음을 눈치챌 수 있었다.

이 마음을 눈앞에 있는 어린 그녀에게 전하자.

"오구리, 고마워. 나, 정말 기뻐."

오렌지빛을 반사하는 그녀의 눈동자를 똑바로 바라보며, 나는 천천히 말했다.

"시모노 선배……, 그, 그럼, 저와……."

"그런데, 미안해———."

"어…….."

순수하고, 강하고, 예쁜 그녀의 고백. 내겐 정말 오구리가 매력적으로 보였다.

이렇게 매력적인 여자애에게 고백을 받다니, 난 정말 행복한 사람이구나. 솔직히 그렇게 생각했다.

엄청나게 기뻤다.

엄청나게 기뻐서, 나잇값도 못하게 눈물이 나올 것 같았고.

하지만, 그럼에도 불구하고, 내 마음속에 확실하게 존재했다.

카미조 토우카가———.

우시키 오구리가 내게 있어서 매력적이라는 것이 사실임과 동시에, 카미조 토우카가 내 마음속에서 무엇과도 바꿀 수 없는 존재라는 것 또한, 진실인 것이다.

나는, 역시, 과장님을 좋아한다.

카미조 토우카에게 사랑에 빠진 것이다.

그러니까…….

"내게는…….."

"내게는 좋아하는 사람이 있다, 그런 건가요?"

"어……?"

"또……, 또, 시모노 선배는 제가 아니라 카미조 과장님을 선택하시는군요."

계속 내게 쏠려 있던 시선이 갑자기 다른 곳으로 움직였다. 오구리가 작은 목소리로 중얼거렸다.

그 분위기는 지금까지 봐왔던 우시키 오구리와는 다른 사람 같았고, 알아듣기 쉬운 말로 표현하자면.

그렇다, 도저히 중학생 같지 않았다———.

제1장 ▮ 카리스마 갸루는 연하 여자애에게 속는다

Why is
my strict
boss
melted
by
me ?

조금씩 겨울의 기척이 드러나기 시작하고, 쌀쌀한 날씨가 이 어지는 11월.

햇살이 기분 좋게 감싸주는 점심때쯤, 나는 패밀리 레스토랑 에서 우시키 오구리와 마주 보고 있었다.

문화제가 끝나고 몇 주 정도가 지난 토요일이었다.

문화제.

충격적이었던, 그 문화제.

그 충격이 정말로 충격이었는지, 나는 확인해야만 한다.

"우시키 양은 정말로 타임 리프를 한 거지?"

"그러니까, 그렇다고요."

주먹을 쥔 손 안쪽으로 턱을 괸 채 오구리가 내게 대답했다. 그리고 새침한 표정으로 블랙 커피를 홀짝이며 마셨다. 오프라 인 모임 때는 귀엽게 애플 주스 같은 거였는데…….

"설마 우시키 씨도 타임 리프를 했을 줄이야……."

"그 우시키 씨라는 호칭 좀 쓰지 말아주세요. 뭐죠? 시모노 선 배는 찬 여자에게서 거리를 두는 타입인가요? 앗! 그래서 첫 번 째 시대와는 달리 타임 리프를 한 뒤에는 저를 피해 다녔던 거 군요!"

"아, 아, 아니야! 그 왜, 중학생인 줄 알아서 오구리라고 불렀

5

던 건데, 사실은 어른이잖아? 그런데 그렇게 이름으로만 부르는 건 실례가 될 것 같아서……."

"지금은 진짜배기 중학생이에요. 그리고 어른이 된 시점에서도 시모노 선배보다 연하라고요."

"아하하……, 그렇긴, 하겠네. 그래서, 오구리는 내가 타임 리프를 했다는 것도 눈치채고 있었던 거지?"

제일 신경 쓰이던 화제는 그거다.

"네, 뭐."

"언제부터?"

"오프라인 모임 날부터 어렴풋이요."

"빠르네!"

오프라인 모임이라면, 처음 만난 날이잖아! 이 애는 초능력자인가?! 아니면 사실 타임 리프 3주차인가? 아니, 3주차를 넘어 파란 머리 무녀나 보라색 머리 우주인, 또는 검은 머리 마법소녀처럼 몇 번이나 루프하고 있는 타임 리프의 대선배일지도 모르겠는데?

"아뇨, 아뇨, 저도 타임 리프 초보라고요! 그렇게 노골적으로 카미조 과장님을 '과장님'이라고 불렀으니 바로 의심하는 게 당연한 거 아닌가요?"

뭐라 대꾸할 수도 없는 정론이 돌아왔다. 하긴, 내가 과장님이라고 부르는 건 주위 친구들도 의아하게 여겼으니까 11년 뒤의 나와 과장님을 알고 있는 오구리가 보기에는 정말 수상쩍었을 것이다. 물론, 과장님이라는 호칭을 받아들인 카미조 토우카

자신에게도 필연적으로 타임 리프를 했다는 용의가 걸리게 되는 거고.

"애초에, 제 입장에선 시모노 선배랑 카미조 과장님이 눈치를 못 챘다는 게 더 이상하다고요. 제 헤어스타일도 첫 번째 시대와는 다르잖아요? 아……, 그렇구나. 그때 제 헤어스타일 같은 걸 기억하고 있을 리가 없겠네요."

"기억해, 기억해! 금방 눈치챘어! 귀여웠다고!"

오구리가 얼굴을 붉히며 계속 말했다.

"그, 그럼, 더더욱 이상한데요. 어째서 제가 타임 리프를 했을지도 모른다는 생각을 하지 못한 거죠?"

"그야……, 그런 변화는 전부 나랑 과장님이 타임 리프를 한 나비 효과의 영향 때문일지도 모르겠다고 생각했으니까."

"뭐어?"

왠지 캐릭터가 바뀐 것 같은데!

"이상한가?"

"그럼, 코후유는요? 나오 선배도 그렇고, 타도코로 선배도 다들 확실히 변했잖아요?"

"응, 뭐, 우리가 타임 리프했을 때는 이미 바뀐 뒤였지. 하지만, 과장님하고 이야기를 하다 보니 그것도 나비 효과일 거라는 결론이 나와서."

"파도 자체가 일어나지도 않았는데 결과만 생기는 나비 효과가 어디 있는데요! 둘이 타임 리프를 한 것만으로 그런 변화가 생겼다면, 그건 이미 타임 리프가 아니라 평행세계라고요. 세 사람이 바뀐 원인은 전부, 제가 만든 거예요!"

변화의 원인은 오구리다. 그건 대충 예상하고 있었다. 오구리가 타임 리프를 했다는 걸 안 뒤에 나도 나름대로 이것저것 고찰이라는 걸 해봤는데, 역시 오구리가 그 세 사람과 알고 지내는 사이라는 게 부자연스러웠으니 그녀가 접점을 만들고 뭔가 행동을 했을 거라 추측할 수 있다.

"뭐, 저도 접점을 만들고 싶어서 만든 건 아니지만요."

다시 커피를 홀짝거리며 마시는 오구리. 블랙커피가 이렇게까지 중학생에게 어울리지 않을 줄이야. 위화감이 엄청나다.

"그래서, 카미조 과장님하고는 그 뒤로 어떻게 됐나요? 시모노 선배."

"으음~, 왠지 껄끄러워져서, 그 이후로 이야기를 전혀 못 하고 있거든. 과장님도 나를 피하고 있다고 해야 하나. 문화제 때 나를 불러낸 의도도, 오지 않았던 이유도 아직 모르고 있고⋯⋯. 저기, 오구리⋯⋯, 그날, 정말로 과장님이 내게 옥상으로 와달라고 한 거 맞지?"

"제가 거짓말을 했다는 건가요? 너무해⋯⋯, 저는 그냥 말을 전해달라고 부탁받았을 뿐인데⋯⋯."

오구리가 슬픈 듯한 표정을 지으며 아래쪽을 내려다보았다.

"미안, 미안! 그게 아니라!"

"카미조 과장님이 진짜로 그렇게 말했어요. 아마 연애가 이루어진다는 소문이 옥상으로 옮겨간 걸 그 직전까지 모르고 있다가 급하게 장소를 옮긴 거 아닐까요? 저도 소문을 듣고 혹시나

카미조 과장님도 시모노 선배에게 고백할지 모르겠다는 생각에 선수를 친 거예요. 좀 치사하죠."

"그, 그렇지 않아. 과장님이 내게 고백……한다니. 솔직히 기대를 전혀 안 했다고 하면 거짓말이 될 거야. 하지만 과장님은 오지 않았단 말이지."

뭔가 오지 못하게 된 이유가 갑자기 생기기라도 했던 걸까. 그렇다 해도 과장님이라면 곧바로 연락을 해줬을 텐데…….

"처음부터 갈 생각 같은 게 없었던 거 아닌가요?"

커피잔을 내려놓는 소리가 투욱, 울렸다. 오구리가 나를 빤히 바라보았다.

"처음부터……?"

"그래요. 시모노 선배가 자신에게 호의를 품고 있다는 걸 눈치채고 있으면서도 그 마음을 가지고 논 거 아닐까요?"

"음……, 가끔씩 놀린다 싶은 생각이 들 때도 있긴 하지만, 그래도 과장님은 그런 행동을 할 사람이 아니야."

"정말로요? 시모노 선배는 카미조 과장님의 본성을 어디까지 알고 계시죠? 제가 타임 리프를 한 어른 우시키 오구리라는 걸 눈치채지 못했던 것처럼, 카미조 과장님에게도 시모노 선배가 모르는 숨겨진 얼굴이 있을지도 모르잖아요."

"그건……, 내가 여자에게 둔감한 구석이 있긴 하지만."

"네, 정말 그렇죠."

돌직구 같은 말이 내게 콱 박혔다.

"그래도, 역시 과장님은 그런 짓 안 할 거야. 이래 봬도 오랫동안 알고 지냈으니까."

여자 마음에는 둔하더라도, 사람을 보는 눈은 있다고 생각하고 싶다. 명색이 영업맨이었으니까.

"치잇……."

뭔가 혀를 차는 소리가 들린 것 같은데?!

"불쌍한 시모노 선배."

오구리는 그렇게 말한 다음 내 손에 자그맣고 부드러운 그녀의 두 손을 얹었다. 그리고 살며시 잡았다.

"나쁜 여자에게 속아버리고……. 저라면 그런 짓 하지 않을 거예요. 타임 리프를 하면서까지 시모노 선배에게 고백했으니까, 믿어주실 거죠?"

중학생답지 않은 요염한 오라를 뿜어내는 그녀가 촉촉한 눈빛으로 나를 바라보았다.

"오, 오구리……?"

"정 뭐하면 저를 시모노 선배 마음대로 하셔도 상관없는데요? 그 왜, 이래 봬도 우리는 어른이잖아요? 순진한 학생과는 다르단 말이죠. 몸만 어린애고 알맹이는 어른. 그야말로 합법 로리네요."

"오구리?!"

"후후후……, 농담이에요. 시모노 선배, 너무 초조해하신다."

"여, 여, 연상을 놀리면 안 되지."

"후후, 그래도 저는 계속 시모노 선배를 좋아할 테니까요. 카미조 과장님에게 싫증이 나면 언제든 제게 와주세요."

그녀는 그렇게 말한 다음, 매끈한 입술을 컵에 대고 남아있던 블랙 커피를 다 마셨다.

◆

안녕, 안녕~! 오늘도 기운찬 사콘지 비와코야~!

아니, 오늘 진짜 심심한데~, 빵 터지네. 유지도, 유키도, 리사도, 토우카도, 다들 볼일이 있다고 하면서 비와 상대를 안 해 줘서 말이지~. 토우카 같은 경우에는 요즘 전혀 놀아주지를 않아서 엄청 열받아~! 왠지 문화제가 끝난 뒤부터 엄청 기운이 없단 말이지~. 나나노스케라면 이유를 알고 있을지도 모르니까 다음에 물어봐야지.

그래서 지금 비와는 너무 심심해서 혼자 산책하고 있는 거야. 걸어다니는 게 의외로 즐거워서 빵 터지네.

어라, 어라, 저긴 비와가 처음으로 나나노스케를 불러냈던 패밀리 레스토랑 아닌가?

그때 나나노스케가 비와를 보고 엄청 겁먹어서, 진짜로 웃겼지~. 요즘은 비와를 얕보기 시작하고 있으니까 이쯤에서 한번 잡아놔야겠어. 비와를 얕보지 말라고. 슝슝!

오, 호랑이도 제 말 하면 온다더니 패밀리 레스토랑 안에 나나노스케가 있잖아. 맞은편에는 놀랍게도 오구오구까지.

사이좋으시네.

"응?! 나나노스케?!"

너무나도 자연스럽게 있어서 위화감이 없었다고! 대체 얼마나 평범 오라인 건데?!

"아니, 오구오구하고 단둘이서 패밀리 레스토랑에 있다니……, 그리고 보니 오구오구는 나나노스케를 좋아하는 것 같단 말이지. 이거, 귀여운 두 후배의 사이가 어디까지 진전된 건지 선배인 비와가 확인해야겠거든."

확인하려 했는데, 잠깐 생각했더니 그 사이에 나나노스케가 안 보이잖아. 유리 너머로 보이는 테이블석에는 휴대폰을 만지작거리고 있는 오구오구 한 명밖에 없고. 크으, 놓쳤나.

"뭐~, 그래도 오구오구가 있으면 됐지!"

비와는 곧바로 재빠르게 패밀리 레스토랑 안으로 뛰어들었어. 그리고 오구오구가 앉아 있던 자리에 도착!

"오구오구~, 체포다~!"

"으엑! 사콘지 선배?!"

당황하는 오구오구를 끌어안은 비와는 그 기세를 살려서 소파 옆에 앉았어.

"야~, 오구오구~."

"정말, 뭔데요! 사콘지 선배!"

"쑥스러워하지 말라고~, 오구오구, 야~!"

오구오구의 가녀린 어깨를 끌어안은 비와는 테이블에 있던 벨을 눌렀어.

띵동~, 소리가 울린 뒤 몇 초 만에 점원분이 다가왔고.

"드링크 바, 하나!"

"주문하는 템포도 엄청나네! 아니, 눌러앉을 생각인가요? 사콘지 선배?!"

"심문이야, 심문! 주스를 마시면서 느긋하게 이야기를 들어볼 거거든. 드링크 바에 다녀올 건데, 오구오구는 콜라면 돼? 오케이~, 콜라 말이지!"

"이제 페이스를 따라갈 수가 없어!"

비와는 일단 자리에서 일어서서 드링크 바에서 내 몫과 오구오구가 마실 콜라를 컵 두 개에 따른 다음, 원래 있던 테이블로 돌아왔어.

"어라? 아니, 컵 있었네. 오구오구, 뭐 마셨어?"

"커피요."

"야~, 커피는 스무 살 넘기고 마셔야 한다고, 오구오구, 야~."

"그런 법률은 없다고!"

"아핫! 오구오구, 태클 엄청 웃기네. 분명 코미디언이 될 수 있을 거야!"

"에휴……, 시모노 선배는 용케 이런 사람과 친구로 지내네……."

"아! 맞아, 맞아, 나나노스케!"

비와는 테이블을 쾅, 내려치면서 오구오구에게 몸을 내밀었어. 위험하네, 원래 목적을 잊을 뻔했잖아.

"뭐, 뭐죠……?"

오구오구는 의아해하는 눈초리로 이쪽을 봤어. 시치미를 떼기는, 오구오구 녀석. 다 알고 있단 말이지.

"좀 전까지 나나노스케가 있었잖아?"

"어……, 보셨나요?"

"비와는 시력 2.0이니까."

"아니, 시력 얘기가 아닌데요…….."

"새치기하기는~, 이 녀석~."

"잠깐만요, 그, 그러지 마세요."

비와는 팔꿈치로 오구오구의 옆구리를 찔렀어.

"그래서, 왜 나나노스케하고 단둘이서, 휴일 낮부터, 이런 곳에 있었던 거야?"

"그건……."

오구오구는 비와에게서 눈을 한 번 돌리고는, 뭔가 생각에 잠긴 듯한 표정을 짓고 나서 곧바로 다시 이쪽을 봤어.

응……? 왠지 인상이 바뀐 것 같은데…….

"사콘지 선배는 이유가 뭐라고 생각하세요?"

"뭐냐니……, 오구오구는 나나노스케를 좋아하지? 그럼 오구오구가 대시하고, 둘이서 괜찮은 느낌으로 간 거 아니야?"

휴일에 서로 싫어하는 사람 둘이서, 중개해줄 사람도 없이 일부러 모일 리는 없으니까.

"뭐, 괜찮은 느낌인지 아닌지를 따지면 괜찮은 느낌일지도 모르겠네요…….."

오구오구에게서 뿜어져 나오는 오라가 평소와는 다르네. 비와는 이런 거에 민감하거든. 지금 오구오구에게서는 자신감과 비밀의 냄새가 나.

그렇다면…….

"혹시, 너희들, 벌써 사귀고 있는 거야?!"

"잠깐만요, 사콘지 선배, 목소리가 너무 커요. 누가 들을지도 모르는데, 후후후."

"그 여유롭고 시원스러운 미소……, 설마, 진짜로."

"그건, 상상에 맡길게요. 알겠죠? 사콘지 선배."

"아으으으으으으."

대사건이다.

그 꼬맹이였던 오구오구가 겉보기와는 다르게, 이렇게 빨리 나나노스케를 함락시키다니.

아니, 나나노스케는 연상을 좋아하는 거 아니었나?

아, 취향을 뒤엎을 정도로 오구오구가 마구 들이댄 건가?

그러고 보니 다 같이 놀이공원에 갔었을 때도 둘이서 관람차를 탔다고 하던데…….

문화제 때도 왠지 모르겠지만 오구오구가 와 있었고.

뭐야, 그런 거냐고.

이거, 이런 곳에서 한눈팔고 있을 상황이 아니라는 거거든!

"오구오구, 여기는 내가 계산해줄게! 비와는 볼일이 좀 생겨서!"

다른 사람들에게 알려줘야지!

"앗, 사콘지 선배."

"응? 왜?"

비와가 자리에서 일어나서 서둘러 떠나려 하던 참에, 오구오구가 방긋방긋 웃으며 불렀어.

"카미조 선배에게도, 잘 전해주세요."

"오케이! 오케이! 그럼 안녕~!"

정말, 그걸 굳이 말할 필요 있나? 아, 뭐, 토우카는 나나노스케하고 사이가 좋으니까, 확실하게 보고해달라는 건가? 자기가 말하면 될 것을, 어쩔 수 없지.

알았어, 오구오구, 비와에게 맡겨만 둬.

확실하게, 토우카에게도 나나노스케와 오구오구가 사귄다는 걸 전해주겠다는 거거든!

◆

다음 주 월요일. 스쿠터를 학교 자전거 보관소에 세워두고 건물 입구로 가고 있자니 낯익은 거유가 키 큰 갈색 머리와 함께 걷는 게 보였어.

비와는 곧바로 두 사람 곁으로 뛰어갔지.

"야~, 나오퐁, 오니키치~! 야~."

"앗, 비와코! 야~."

비와는 나오퐁하고 주먹과 주먹으로 하트 앤 소울했어.

"비와쵸스, 안녕~."

"안녕, 안녕~. 오니키치, 오늘도 크네!"

"비와코, 오니키치가 갑자기 작아지면 오히려 무섭지~."

"그러게! 엄청 웃겨! 나오퐁, 코미디언이 될 수 있을 거야!"

"비와코, 코미디언은 그렇게 만만한 직업이 아니라고."

일단 인사를 나눈 다음에, 각자 실내화로 갈아신고 신발장 앞 로비에서 다시 합류했어.

"얘들아, 근데 빅 뉴스가 있거든! 너희 둘에게는 직접 말하려고 오늘까지 아껴둔 비장의 화제야!"

"비와비와 기자, 그럼 말씀해 보시죠~!"

나오퐁이 자그마한 손을 마이크처럼 비와 입가에 댔어.

"놀랍게도……."

"놀랍게도……?!"

"실은……."

"실은……?!"

"비와, 네일 바꿨습니다~! 빠밤~."

"정말이네~! 귀여워~!"

비와는 으스대는 표정으로 나오퐁에게 양손의 손톱을 보여줬어.

"비와쵸스~. 나, 이제 교실 가도 돼?"

"될 리가 없잖아, 오니키치, 비와를 얕보는 거야?"

"그래도 얼른 교실에 가서 나나찌를 만나고 싶으니까."

"너네 뭐 막 사귀기 시작한 커플이야?! 그런 장난 좀 치지 마!"

비와가 태클을 걸자 나오퐁도 곧바로 후속타를 날렸어.

"맞아! 오니키치! 날마다 소꿉친구들의 BL을 보는 내 입장도 좀 생각해 봐!"

오니키치는 전혀 동요하지 않고 새침한 표정을 짓고 있네. 왠지 열받는다. 어쩔 수 없지, 오늘의 메인 특종을 선보여줘야겠다는 거거든.

"오니키치, 아쉽게도 특종은 네일뿐만이 아니야. 나나노스케는 진짜로 이제 막 사귀기 시작한 커플이었다고!"

"응? 그게 무슨 소리야? 비와코."

먼저 흥미를 보인 사람은 나오퐁이었어.

"나나노스케는 최근에 어떤 사람과 사귀기 시작했지."

비와의 말을 듣고 오니키치도 그제야 약간 놀란 표정을 보였어.

"나나찌에게 그런 이야기는 못 들었는데?"

"뭐~, 나나노스케도 사람들에게 말을 꺼낼 타이밍이랄까, 이것저것 생각하는 거 아닐까? 잘 모르겠지만."

"역시 비와코야, 잘 모르겠다는 말의 적당한 느낌이 절묘하네. 그런데 상대는 누구야? 뭐, 아마 과장님이겠지만."

"빵 터지네, 왜 토우카 이름이 나오는데? 오구오구야, 오구오구."

"오구오구?!" "오구찌?!"

둘이서 비와의 어깨를 꽉 잡고 얼굴을 들이대는데. 잠깐……, 아프거든요?

"설마, 그 나나야가 오구오구를 선택할 줄이야……, 그래도, 오구오구가 꽤 적극적이긴 했지이."

"비와는 처음부터 그 녀석은 해낼 여자라고 생각했지! 자그마하면서도 담력이 있다는 느낌."

"비와코, 또 적당한 말을."

"나오퐁은 나나노스케를 뺏겨서 은근 질투하는 거 아니야~? 계속 소꿉친구라고 생각했던 남자가 막상 다른 여자의 남자친구가 되니까 눈치채버린 연심이라든가~?"

"아니. 전혀 아니야. 요만큼도 아니야. 절대로 아니야."

"어, 어어, 그래."

눈에 힘이 엄청 들어갔네! 이 애는 진짜로 나나노스케를 아무렇지도 않게 생각하나 본데. 보통 소꿉친구라면 조금 정도는 신경 쓰이거나 그러지 않아? 비와는 이성 소꿉친구가 없으니까 잘 모르겠지만.

옆에서 새침한 표정을 짓고 있던 오니키치는 눈살을 찌푸리네.

"크으~! 나나찌, 왜 내게 말해주지 않은 거야~!"

"그러니까, 나나노스케도 나름대로 뭔가 있는 거 아니야? 너무 그러지 말라고."

"그래도 비와쵸스에게는 사귄다고 말한 거잖아?"

"아니, 비와도 나나노스케가 아니라 오구오구에게 들은 거니까. 그 녀석은 비와에게도 숨기고 있었던 거거든."

"뭐야, 그럼 나한테만 그런 게 아니었네. 다행이야."

진심으로 안심한 듯한 오니키치. 이 녀석, 나나노스케만 걸리면 약간 정신이 이상해지는 것 같은데.

오니키치를 위해서 그런 건지, 아니면 나나노스케를 위해서 그런 건지, 나오퐁이 이렇게 말했어.

"뭐, 연상이 좋다고 그렇게 떠들어놓고 중학생하고 사귀는 게 창피한 건지도 모르지. 나나야 본인이 이야기를 꺼낼 때까지는 모르는 척해주자."

나나노스케를 위해서 한 말이라면 독설이 꽤 심한데.

"너희 둘이 몰랐다면 아마 토우카도 모르겠지. 알려줘야겠네."

신이 나서 토우카네 반으로 가려 하자 두 사람이 각각 비와의 두 손을 꼭 잡고 끌어당겼어.

"잠깐만, 빵 터지네, 아프다고. 왜 그래? 둘 다."

"비와코, 과장님에게 말할 셈이야?"

"완전완전 당연하지."

"비와쵸스, 그건 너무 심하잖아."

"진짜~, 둘 다 왜 그러는데? 토우카도 나나노스케하고 사이가 좋으니까, 알 권리가 있잖아~. 자, 놔줘. 그럼, 비와는 다녀올 테니까~!"

비와는 어렸을 때부터 할아버지에게 배운 아이키도의 요령으로 두 사람의 팔을 휙휙 떨쳐내고는 곧바로 뛰어갔어.

"아! 비와코! 안 돼!"

"비와쵸스! 거기 서~!"

무슨 소리가 들리긴 하는데, 무시야! 무시!

비와는 토우카만 따돌리지 않을 테니까!

기다려~, 토우카~!

◆

나, 카미조 토우카는 오후에 교실에서 햇볕을 쬐고 있었다.

우리 반은 2학기가 되자마자 자리를 바꿨는데, 그 결과 창가 쪽으로 옮기게 된 게 다행이라는 걸 이제야 실감했다.

햇빛은 어두워진 내 마음을 부드럽게 비춰주며 한때나마 행복한 느낌을 가져다주었다.

이대로 잠들어버리고 싶다.

잠깐 자는 낮잠은 오후의 생산성을 향상시켜 준다고 누군가가 말했던 것 같다. 아, 오빠네. 정보의 출처에 불만이 있긴 하지만, 그와 동시에 신빙성도 있다.

5교시가 시작되기 전까지 눈을 좀 붙일까.

나는 차가운 책상에 얼굴을 댄 다음 그대로 눈을 감았다.

차가운 느낌과 따뜻한 느낌 사이에서 의식이 천천히 잠에 빠지기 시작했다.

둥실둥실, 현실 같기도 하고, 그렇지 않은 것 같기도 한 세계 속에서 큼직한 은행나무가 보였다.

그 아래에서 가녀린 소녀가 내게 등을 돌린 채 서 있었다.

걸어가고 있는 감각은 없는데도 시야가 빨려 들어가듯 그 소녀 곁으로 다가갔다.

그리고 목소리가 들릴 정도로 다가간 순간, 그녀는 원랭스컷으로 다듬은 머리카락을 나부끼며 이쪽을 돌아보았다.

"제 승리예요, 카미조 과장님."

나는 곧바로 책상에서 고개를 들고 주위를 둘러보았다.

"꿈인가……."

시계를 보니 겨우 몇 분밖에 지나지 않았는데도 불구하고, 몸이 흠뻑 젖을 정도로 땀이 많이 나 있었다.

꿈속에서 돌아본 소녀의 얼굴은 보이지 않았지만, 왠지 그 시선이 강렬하게 내 머릿속에 새겨져 있었다.

"으……, 으으……."

그건 대체 뭐였을까.

문화제 날, 은행나무 아래에서 그녀가 했던 말의 의미.

그때……, 나나야 군은 어째서 오지 않았던 걸까.

그 이후로 계속 생각하고 있지만, 아무리 생각해봐도 답 같은 걸 알 수가 없었다.

사실 난 알고 있다. 답을 알 수가 없다면, 본인에게 물어보면 된다.

모르는 게 있다면 곧바로 물어본다. 내가 나나야 군에게 입에 침이 마르도록 했던 말이다. 사회인의 철칙이다.

하지만, 그럴 용기가 없다.

한 번은 고백하자는 생각까지 하면서 내 마음속에서 싹텄던 용기의 꽃은, 그녀가 뿌리째 뽑아버렸다.

우시키 오구리 양.

나보다 두 살이나 어린 중학생에게, 나는 겁을 먹고 있다.

아니, 중학생이 아니다. 그녀는 나와 마찬가지로 어른이다.

타임 리프를 한 어른.

더더욱 무서워!

그녀가 말했던 승리의 의미란 혹시…….

아니, 아직 그렇다고 확정된 건 아니다.

나는 아직 한 번도, 나나야 군에게도, 우시키 양에게도, 두 사람이 사귄다는 이야기를 들은 적이 없으니까.

이건 내가 생각하는 최악의 상황일 뿐이고, 그냥 피해망상에 불과할지도 모른다.

그래, 낙담하긴 아직 이르다.

이렇게 풀 죽어 있다가는 손에 넣을 수 있는 것도 붙잡지 못할 테니까!

"토우카~!"

기운 넘치는 목소리와 함께 교실 문이 드르륵 열렸고, 비와코가 예쁜 금빛 트윈테일을 흔들며 내 곁으로 달려왔다.

"무슨 일이야? 비와코, 그렇게 신이 나서."

"비와는 언제나 신나 있는데. 빵 터지네."

"그렇긴 하지."

"들어봐, 들어봐, 들어봐, 들어봐!!"

"듣고 있어!"

비와코가 화려하게 장식한 손톱이 보이는 손으로 내 어깨를 찰싹찰싹 때렸다.

"나나노스케, 오구오구하고 사귄대~! 빵 터지지!"

"또, 뭐든지 그렇게 빵 터진다고 하고. 나나야 군하고 우시키 양이 사귄다는 거야?"

"그렇다니까! 저번에 토요일에도 둘이서 데이트하더라."

"호오~, 데이트 말이지. …………뭐어?!"

"그 녀석도 얕잡아 볼 수가 없단 말이지~, 정말."

"그거······, 정말이야? 비와코. 거짓말 같은 게 아니라?"

"응, 틀림없어. 본인에게 들었으니까."

"그, 그래······. 그거참······, 빵 터지네."

시야가 하얗게 물드는 와중에 후배들의 목소리가 희미하게 들렸다.

"아~! 비와코, 혹시 벌써 과장님에게 말해버린 거야?!"

"응, 말했는데?"

"이미 늦었나, 히어 위······."

그들의 이야기 소리도 점점 들리지 않게 되었다.

나, 카미조 토우카는, 완전히 정신을 잃었다.

제2장 ▌ 여자 상사가 도망치는 이유

오구리와 패밀리 레스토랑에서 만난 뒤, 다음 주 수요일이었다.

나는 이런 소문을 들었다.

'카미조 토우카가 체육복 차림으로 학교에 왔다.'

우리 학교는 체육 수업, 그리고 동아리 활동 시간 이외에는 원칙적으로 교복을 입는 게 의무다.

간혹 장난기 넘치는 학생이 체육 시간이 끝난 뒤에도 체육복 차림으로 수업에 참가하는 경우도 있긴 하지만, 보통은 곧바로 선생님에게 혼나고 교복으로 갈아입게 된다. 그렇게 철저한 교칙이 있는데도 등교할 때부터 체육복이라니, 설마, 그 과장님이, 그런 영문 모를 행동을 할 리가 없다. 뭔가 착각했을 것이다.

나는 전혀 믿지 않았다.

믿지 않았지만, 왜 그런 소문이 돌게 된 건지 의문도 들었다.

아니 땐 굴뚝에……라는 속담도 있으니 '카미조 토우카가 체육복 차림으로 학교에 왔다'라는 말도 안 되는 소문이 내 귀에까지 들어왔다는 건 과장님에게 무슨 일이 생겼다는 거다.

약간 걱정하며 3교시 이동 수업을 하기 위해 복도를 걸어가다 보니 안쪽에 체육복 차림인 과장님이 보였다.

"어?!"

진짜로 체육복을 입고 있네!

아니, 혹시 다음 수업이 체육일지도 모른다. 과장님 주위에는 그녀처럼 체육복을 입은 반 친구 같은 사람이 보이지 않지만, 분명 혼자 일찍 이동을 시작해 운동장이나 체육관으로 가고 있는 거겠지.

일단 말을 걸어볼까 하는 생각에 내가 걷는 속도를 약간 높이자 과장님은 계단이 있는 쪽으로 돌아갔다.

서둘러 쫓아가 보았지만, 내가 계단에 도착했을 때는 이미 그녀의 모습이 보이지 않았다.

과장님, 괜찮은 거겠지……?

◆

"저기, 나오. 오늘, 과장님에게 무슨 일이 있었던 것 같은데, 뭔지 몰라?"

점심시간. 나는 타이밍을 노리다가 나오 자리로 다가가서 물어보았다.

"몰라. 안다 해도 너한테는 말 안 해."

나오는 팔짱을 낀 채 마치 무사 같은 표정을 지으며 입을 꾹 다물고 있었다.

오니키치가 매점에서 사 온 것 같은 큼직한 소세지 빵을 문 채 다가왔다. 저번에 절약한답시고 먹던 나물밥은 그만 먹기로 한 모양이었다.

"토우카가 체육복을 입고 학교에 왔다면서?"

"그래, 오니키치. 그런 소문이 도는 것 같던데, 나는 과장님이 그렇게 불량학생 같은 행동을 한다는 게 믿기지 않거든."

"그건 그런데, 나도 좀 전에 체육복 차림인 토우카를 봤거든! 히어 위!"

"진짜냐……."

오니키치가 나와 다른 시간에 봤다는 건, 역시 오늘 내내 체육복 차림이었다는 건가?

"불량학생이 아니라 그냥 덜렁대는 거 아니야?"

무사처럼 굳은 표정을 짓고 있던 나오가 한쪽 눈썹을 치켜올리며 내게 말했다.

"과장님이 덜렁거리다가 교복하고 체육복을 착각했다고? 말도 안 되는 소리지."

"흥, 똥 같은 나나야가 과장님에 대해 뭘 안다는 겐가?"

대놓고 욕이잖아! 그냥 이름 앞에 똥을 붙이는 너무나도 단순한 욕이야! 게다가 말투까지 무사 같아졌는데.

"뭐야, 오늘은 꽤 쌀쌀맞네."

"똥 같은 녀석에게 똥 같다고 한 것이 무슨 잘못이겠소이까."

"닌자다!"

진짜, 대체 뭐냐고, 이 소꿉친구.

"나오 녀석 좀 어떻게 해줘, 오니키치."

"음……, 아, 아니, 뭐."

신기하게도 오니키치가 말을 더듬고 있다. 뭐야, 둘 다.

"너희들, 뭔가 내게 숨기고 있는 건 아니겠지?"

"그건 내가 할 말이란 말이야! 이 똥 같은 나나야!"

"말투가 약간 귀여워졌는데!"

"나나찌에게도 이런저런 생각이 있겠지. 나는 이해 맥스라고, 히어 위!"

오니키치가 내 어깨를 두드리고는 엄지손가락을 치켜들었다.

음……. 왠지 이야기가 잘 안 맞는 것 같아서 껄끄럽네. 하지만 캐묻고 있을 시간도 없다. 왜냐하면 점심시간은 이미 15분이나 지났고, 나는 한시라도 빨리 학교 식당에서 우동을 먹어야 하기 때문이다. 두 번째 고등학교 생활에서 내가 제일 기대하는 시간이다.

"뭐, 잘 모르겠지만, 식당 좀 다녀올게."

여전히 불만인 듯한 표정을 짓는 나오와 그런 나오를 달래는 오니키치에게 그렇게 말한 다음, 나는 곧바로 교실을 나섰다.

식당에 도착해서 사누키 우동을 산 다음에 빈자리를 찾다 보니 문득 화려한 향기가 풍겼다.

틀림없다, 이건 과장님의 향기다.

설명하지. 만년 사축 평사원인 시모노 나나야 군은 카미조 토우카를 너무 좋아하는 나머지 그녀의 머리카락에서 풍기는 꽃 같은 느낌의 향기를 순식간에 구별해내는 특수 능력을 얻은 것이다. 그 효과 범위는 반경 5미터에 달한다고 한다.

돌아보았다.

과장님이다.

역시 나는 대단해.

과장님은 여전히 체육복 차림이었고, 쟁반에 라멘 네 그릇을 담아서 들고는 주위를 두리번거리고 있었다. 빈자리를 찾는 건가? 귀엽네. 라멘 네 그릇을 들고 있으니 꽤 무거운 모양이었다. 쟁반을 든 팔이 부들부들 떨리고 있다.

라멘 네 그릇?!

어떻게 된 건데?!

대식가 유튜버라도 된 거야?!

남매 둘이서 인터넷 방송 업계를 주름잡을 생각인가?!

과장님은 빈자리를 발견하고는 등을 멋지게 쭉 뻗은 자세를 유지하며 슬쩍 앉아서 평소처럼 시치미 용기를 들었다.

그리고 뚜껑을 빼낸 다음.

화악.

통째로 넣었어?!

아무리 미각치인 과장님이라도 시치미를 통째로 다 넣고 먹는 건 힘들 텐데. 대식가를 넘어 매운맛에도 도전하다니, 진짜로 유튜버잖아.

아니, 그래도 과장님이라면 의외로 아무렇지도 않게 다 먹을 지도…….

"매워."

맵나 보네!

엄청나게 울상을 짓고 있어.

"괴로워."

더 이상 보고 있을 수가 없어!

울면서 라면을 먹고 있다고!

식당 안이 웅성거리고 있잖아!

내가 멍하니 그 모습을 보고 있자니 과장님 주위로 같은 2학년으로 보이는 여자 몇 명이 모여들어서 걱정스러운 듯이 말을 걸기 시작했다.

"카미조 양, 괜찮아?"

"매워."

"라멘이 아직 잔뜩 남은 것 같은데, 다 먹을 수 있어?"

"못 먹어."

"무리하지 말고, 남자들 불러올 테니까 남은 라멘 먹어달라고 하자."

"그렇게 할래."

아니, 밥을 다 못 먹어서 울고 있다가 선생님이 자상하게 달래주는 유치원생이냐고!

애초에 다 못 먹을 거면 왜 라멘을 그렇게 많이 산 거야!

그리고 첫 번째 그릇부터 시치미를 잔뜩 넣으면서 자신을 몰아세우지 말라고!

여자들이 부르자 상급생 남자들이 모여들어서 아직 손을 대지 않은 라멘을 먹기 시작했다. 매워서 못 먹는 거면 자기가 먹겠다며 과장님이 먹고 있던 엄청나게 매운 라멘 쪽으로 손을 뻗은 남자도 있었지만, 주위에 있던 여자들이 말려 엄청나게 혼났다.

눈앞의 광경 때문에 뇌에 버그가 생길 것 같았다. 우동이 불면 안 된다는 사명감이 발동되어 근처 자리에 앉아 젓가락을 들었다.

"진짜로 무슨 일이냐고."

우동을 후루룩, 목으로 삼키며 혼자서 중얼거렸다.

"장난 아니지, 저거. 빵 터지네."

진한 향수 냄새가 난다 싶더니 비와코 선배가 의자를 빼서 내 옆에 앉았다. 메뉴는 카레였다.

"비와코 선배, 안녕하세요."

"안녕, 안녕~. 이번 주 초부터 계속 저런 느낌이거든, 토우카. 척 보기에도 IQ가 떨어졌어."

"그런가요? 이번 주 초……, 무슨 일이 있었나……? 비와코 선배는 과장님이 저렇게 된 이유를 아시나요?"

"아니, 모르는데."

"그렇구나……, 비와코 선배도 모르는구나. 나오하고 오니키치는 뭔가 아는 것 같긴 하던데, 비와코 선배는 그럴싸하게 짐작되는 것도 없나요?"

"전혀 없어. 무슨 일 있었나? 토우카."

비와코 선배는 툭하면 원흉이 되곤 하기 때문에 이 사람이 무슨 일을 저지른 게 아닐까 하고 약간 의심했었는데, 아무래도 아닌 모양이다.

비와코 선배가 모른다면 수수께끼는 더욱 깊어지기만 한다. 나오와 오니키치는 알아도 가르쳐줄 느낌이 아니고.

"뭐, 저것도 나름대로 귀여우니까 괜찮지 않나?"

"또 그렇게 느긋한 소릴 하시네. 반쯤은 동의하지만요."

"야~, 절반뿐이냐고, 야~."

"비와코 선배랑 달리 저는 상식인이라서요."

"반쯤 동의한 시점에서 너도 상식인이 아니거든? 웃기네."

"자기가 상식인이 아니라는 자각은 있었나 보네요."

"나나노스케, 상식이란 18세까지 익힌 편견의 컬렉션이다, 아인슈타인이 이렇게 말한 것도 몰라?"

"갑자기 상식인처럼 변했잖아!"

"뭐~, 우리는 그 열여덟 살까지 컬렉션을 모으는 도중이란 거거든? 편견보다는 '자신'이라는 컬렉션을 모으라고."

"그리고 철학자 같은 말을 하기 시작했어!"

내 상식이라는 고정관념을 제일 크게 뒤엎은 존재는 이 갸루라고, 정말.

"뭐, 토우카는 평소부터 머리가 딱딱했으니까, 약간 느슨해지기 위해서라도 괜찮은 변화일지도 모르잖아? 한동안은 따스한 눈으로 지켜봐 주자는 거지."

"맞는 말이네요."

우리 카레 우동 콤비는 카미조 토우카를 지켜본다는 명분으로 형편 좋게 문제로부터 눈을 돌리기로 결단했다.

◆

그 이후로 1주일이 지났다.

교내에서는 눈 깜짝할 사이에 완전히 허당이 된 카미조 토우카의 소문이 퍼져나갔고, 그것을 뒷받침하듯 그녀 스스로 여러 가지 전설을 만들어가고 있었다.

그중 첫 번째가 '카미조 토우카, 자판기 대성통곡 사건'.

아마쿠사 고등학교 학생이라면 누구나 알고 있는 자판기의 미스터리 존이라는 게 있다.

거리에서도 가끔 보이는 상품으로, 일반적으로 다른 상품보다 저렴하게 설정되어 있는 대신 나오는 주스가 랜덤인 칸이다.

버튼 바로 위에 있는 샘플 상품에는 캔 형태의 모형에 그림물감을 덕지덕지 칠한 것 같은 색지가 붙어 있고, 가운데에 물음표 마크가 있다.

아마쿠사 고등학교의 미스터리 존도 마찬가지로 다른 상품보다 20엔 저렴하다. 하지만 나오는 것이 랜덤 주스가 아니다.

정체를 알 수 없는 액체가 고정으로 나오는 것이다.

물론 맛은 엄청나게 없다.

버라이어티 프로그램에서 벌칙 같은 걸로 자주 써먹는 쓴풀차나 산자열매 주스라는 소문이 있지만, 애초에 일반 고등학생은 그러한 음료수 자체를 마실 기회가 없기 때문에 결국 뭔지는 알아내지 못해서 정체를 알 수 없는 액체로 정착되었다.

그리고 이 미스터리 존, 정체를 알 수 없는 액체가 고정으로 나온다고는 하지만, 사실 매우 낮은 확률로 엄청나게 맛있는 믹스 주스가 나온다는 소문도 있다.

듣기로는 그 확률이 1000분의 1이라고 하던데.

그 믹스 주스를 단번에 뽑은 사람이 카미조 토우카다.

게다가 그녀 왈 미스터리 존을 지금까지 세 번 사봤는데, 전부 믹스 주스였다고 한다.

나는 그런 우연이 있을 리 없다고 생각하기 때문에 그 자판기에는 AI가 탑재되어 있고, 미녀가 사면 믹스 주스가 나오는 거라 추측하고 있다.

솔직히 내가 생각해도 완벽한 추리라고 자부했었는데, 그 가설이 완전히 무너진 게 바로 이 사건 때문이다.

그날, 과장님은 건물 입구 옆에 설치되어 있는 자판기 앞에 서서 네 번째로 미스터리 존 버튼을 누른 모양이었다.

그리고 나온 캔을 따고 꿀꺽꿀꺽 마시고는 그것이 믹스 주스가 아니라는 사실을 알자마자 그 자리에 주저앉아 울음을 터뜨린 것이다.

고등학생답지 않은 호쾌한 울음소리였고.

"믹스 주스 마시고 싶어어어!!"

라는 말을 계속 외친 모양이었다.

지금까지 마셨던 미스터리 존 주스와 맛이 전혀 다르다는 생각에 놀라는 건 이해가 되지만, 보통은 '아, 미스터리 존이라는 게 이런 거구나'라고 생각하는 게 자연스러울 것이다.

애초에 1000분의 1을 세 번 연속으로 뽑는다는 천문학적인 확률을 뚫은 과장님의 운 자체가 초자연적이었다. 큰 수의 법칙까진 아직 한참 멀었는데도 자연스러운 꽝 한 번을 뽑았다고 자연스러운 반응을 보이지 못하다니, 대체 어떻게 생각해야 할까.

허당 전설 중 하나로 인정하기에 충분한 사건이었다.

계속 울어대던 과장님 주위에는 저번에 식당에서도 그랬듯이 많은 학생들이 모여들었고, 그녀에게 주스를 잔뜩 건넸다고 한다.

그곳에 있던 상급생 왈.

"울먹이는 미소녀 또한 썩 괜찮은 법."

뭐 그렇다고 한다. 무슨 소리야. 당신들, 과장님 응석을 너무 받아주는 거 아니야?

그중 두 번째, '흑발 커트 일보 직전 사건'.

이건 당사자인 비와코 선배에게 들은 이야기다.

비와코 선배는 허당이 된 과장님이 귀여우니까 한동안 지켜보자고 했지만, 자판기 대성통곡 사건을 소문으로 듣고 걱정이 되었는지 최근 며칠 동안은 날마다 과장님의 상태를 살펴보러 갔던 모양이었다.

그런 와중에 일어난 사건.

과장님이 문득, 책상에서 가위를 꺼낸 다음 이렇게 말한 것이다.

"머리 잘라야지."

비와코는 곧바로 가위를 들고 있던 과장님의 손을 잡아서 가위 날이 앞머리에 닿기 직전에 말린 모양이었다. 역시 판단력이 대단하다.

두 사람의 대화 내용은 다음과 같다.

"왜, 왜 그래? 토우카. 갑자기."

"머리를 잘라야만 해."

"이, 이유가 뭔데?"

"보브컷으로 잘라야만 해."

"으음~, 그래도 모처럼 길고 예쁜 머리카락인데, 비와는 아까운 것 같거든~."

"그래도 자르래."

"누가? 누가 그런 말을 했어?"

"응."

"누가?"

"음……, 잊어버렸어."

비와코 선배는 바로 주위에 있던 학생들에게 눈짓을 보냈고, 그 사람들이 과장님 자리로 모여들어서 다 같이 설득하기 시작한 모양이었다.

"머리는 자르지 않는 게 나을 거야, 카미조 양." "지금이 훨씬 더 예뻐." "응, 잘 어울려!" "그대로 두는 게 훨씬 더 나을 거야!"

일단 과장님에게 생각할 틈을 주지 않고 계속 설득을 밀어붙여서 겨우 아무런 일도 없이 넘어갈 수 있었다고 한다.

그렇게 기운이 넘치던 비와코 선배가 질색하는 표정으로 내게 처음부터 끝까지 보고해주었기에 발각된 사건이다.

만약 그곳에 비와코 선배가 없었다면 어떻게 되었을까.

그중 세 번째, '학교의 마돈나 남자친구 양산 사건'.

1주일이나 지나자 교내에는 카미조 토우카의 상태가 이상하다는 소문이 구석구석 퍼졌고, 그것을 이용해서 못된 생각을 하는 녀석들도 생겼다.

"지금 카미조 양이라면 고백해도 간단히 오케이를 받을 수 있지 않을까?"

그 추측은 제대로 들어맞았고, 판단 능력에 완전히 버그가 생긴 과장님은 남자들의 고백에 전부 YES라고 대답했다.

YES라고 해야 하나.

"카미조 양, 저랑 사귀어주세요!"

"왜?"

"왜냐니……, 사귀고 싶으니까?"

"그러면 어떻게 되는데?"

"어……, 내가 기쁘려나."

"기쁘다고?"

"네……."

"기쁘다면, 알겠어."

"정말로?! 앗싸~!"

이런 느낌인 모양이었다.

한 명이 성공하자 '저 녀석 말고 나하고 사귀어줘!'라고 뻔뻔하게 말하는 남자가 나타났고, 거기에 또 휩쓸리듯이 과장님이 대답하자 다음 사람이……, 그렇게 지옥 같은 연쇄가 이어졌다.

결국 그 남자들은 제대로 된 오케이가 아니라는 걸 알면서도 카미조 토우카로부터 남자친구라는 칭호를 받았다는 사실만을 인생의 역사에 기록하고 싶어서 기분 나쁜 책략을 실행한 것이다.

그 이야기를 들었을 때는 분노를 넘어서서 어이없다는 감정이 치솟았지만, 나보다 더 그런 걸 용납할 수 없는 갸루가 그녀 곁에 있었기에 그 기간 동안 고백을 시도한 남자들, 합계 열세 명은 모두 신상이 밝혀지고 엄청나게 비난을 받았다나 어쨌다나.

아무튼, 남자들이 완전히 잘못한 건 물론이지만, 과장님이 그렇게까지 순진한 건지 어떤 건지 알 수가 없는 상태가 되었다는 사실이 내게도 꽤 큰 충격이라고 해야 하나, 쇼크였다.

체육복 차림으로 학교에 오거나 라멘 네 그릇을 샀을 때는 그나마 귀여웠다(이제 체육복 차림으로 학교에 오지는 않지만).

이대로 계속 상태가 더 심해지면 진짜 사건으로 발전할지도 모른다.

문화제가 끝난 뒤로 과장님과는 아직 한 번도 이야기를 나누지 않았지만, 껄끄러워하고 있을 상황이 아닐 것이다.

무슨 일이 있었는지 과장님에게 직접 물어봐야 한다.

나는 이것저것 고민한 끝에 그런 결단을 내렸다.

방과 후, 12월 초라서 건조한 복도를 나아갔다. 내가 도착한 곳은 2층으로 이어지는 계단 앞.

이곳에 오니 6월 무렵이 떠올랐다.

타임 리프를 하고 나서 처음으로 과장님에게 접근하려던 그날이다.

그 이후로 많은 일들이 있었고, 나와 과장님 사이의 거리는 확실하게 좁혀졌다.

다소 문제가 있다 해도 지금의 우리라면 넘어설 수 있을 것이다.

괜찮아, 자신을 믿으라고, 나나야.

나는 반년 전과는 다르게 확고한 의지를 품고 계단을 올라갔다.

그녀에게 무슨 일이 있었는지, 그리고 어째서 문화제 때 옥상에 나타나지 않았던 건지, 제대로 확인하자.

2학년 2반 앞에 도착해 나는 심호흡을 한 번 했다.

그리고 긴장을 풀기 위해 교실 문을 세차게 당겼다.

"카미조 선배 계신가요~!"

집에 갈 준비를 하고 있던 선배들이 일제히 나를 보았다.

그중에는 물론, 카미조 토우카도 있었다.

그녀와 눈이 마주쳤다.

타닥!

"아! 도망쳤다!"

놀랍게도 과장님은 내 얼굴을 보자마자 곧바로 가방을 옆구리에 끼고 반대쪽 문으로 전력 질주하며 교실을 나선 것이다.

나도 곧바로 복도 쪽으로 고개를 돌려 과장님의 뒷모습을 보았다.

"잠깐만요, 과장님! 왜 도망치시는 건데요!"

내 목소리가 들리지 않는 건지, 그녀는 돌아보지도 않고 복도를 뛰어갔다.

아니, 엄청 빠르네~!!

멋지게 방향을 틀어서 계단 쪽으로 사라지는 과장님.

그 뒤를 따라 나도 계단 앞까지 와서 아슬아슬하게 과장님의 뒷모습을 볼 수 있었지만, 그녀는 곧바로 층계참을 돌아서 1층으로 내려가며 다시 자취를 감췄다.

"진짜~! 대체 뭐냐고~!"

나는 계단을 하나씩 건너뛰며 내려가서 끼익끼익, 층계참 바닥을 박찼다. 과장님이 오른쪽으로 가는 게 보였다.

탕탕탕, 이번에는 계단을 두 개씩 건너뛰며 내려가서 오른쪽으로 돌았다.

있다. 엄청나게 진심으로 뛰어가고 있다.

곧바로 쫓아갔지만, 1층의 긴 복도에서 술래잡기를 하는 나와 과장님 사이의 거리는 전혀 줄어들지 않았다.

이래선 내가 먼저 뻗을 것 같다.

아니, 과장님은 왜 도망치는 거지?

역시 과장님이 이상해진 원인은 나인가? 그렇다면 문화제 때 있었던 일하고도 필연적으로 관계가 있을 것 같다.

하지만 지금은 뇌에 쓸데없이 산소를 허비할 때가 아니다. 생각은 나중에 하자.

복도 끝에서 이어지는 연결통로로 나가는 과장님. 그곳을 지나치면 체육관이다. 다시 말해 막다른 곳.

좋았어, 이대로 가면 몰아넣을 수 있을 것 같은데.

과장님은 건물을 나선 뒤 연결통로 바닥을 탁탁탁, 깔끔한 소리를 내며 뛰어갔다. 뭐든지 아름답고 그림이 되는 사람이다.

물론, 그 앞에 자리 잡고 있는 것은 체육관의 묵직한 철제 문.

나도 연결통로에 도착해서 어떻게 할까 생각하며 과장님을 살펴보고 있자니 그녀는 망설임 없이 철문을 열기 시작했다. 어? 체육관 안으로 들어가게?

안에는 당연히 동아리 활동을 하는 학생들이 잔뜩 있을 것이다. 그 증거로 천천히 열리는 문 너머에서 배구부의 호령 소리와 퉁퉁, 공이 바닥에 튀는 소리가 조금씩 흘러나오기 시작하고 있다.

우와~, 어떻게 해야 하지? 나도 과장님을 쫓아 체육관으로 들어가야 하나?

엄청나게 부끄럽다.

열기 넘치는 동아리 공간에 교복 차림인 학생이 침입한다는 붕 뜬 느낌. 은근히 괴롭다.

그런 고민을 하는 사이 과장님이 체육관 안으로 들어갔다.

에잇, 다 큰 어른이 뭘 망설이고 있는 거야? 부끄러운 건 나중 문제지. 지금은 과장님을 붙잡는 게 우선이다.

나도 서둘러 연결통로를 지나 체육관 입구에 도착했다.

과장님이 연 문 틈새는 날씬한 몸이 통과할 수 있을 정도에 불과해서 내 몸은 거기에 걸릴 것 같았다. 나는 내가 지나갈 수 있게끔 문을 조금 더 열고 안으로 들어갔다. 시간을 약간 허비해 버렸다.

체육관으로 들어가자 냉각 스프레이 냄새가 맞이해 주었다. 나도 중학교 시절에는 배구부였기에 아는데, 동아리 특유의 정겨운 냄새다.

내가 있는 입구 쪽 코트에서는 남자 배구부가 리시브 연습을 하고 있었다. 칸막이 같은 녹색 네트 너머에 있는 안쪽 코트에서는 여자 배구부가 어택 연습을 하는 중이었다.

과장님을 찾아 벽을 따라 실내 전체를 둘러보았다.

몇 초 뒤에 몸을 엉거주춤하게 숙인 채 칸막이 네트를 통과하는 과장님을 발견했다. 또 시간을 약간 허비해 버렸다.

연습 중이던 학생 몇 명이 과장님을 눈치챘는지 의아하다는 듯이 보고 있었다. 물론 그 시선은 과장님뿐만이 아니라 내게도 쏠리기 시작했다.

꾸벅꾸벅 고개를 숙이며 나도 몸을 엉거주춤하게 숙여서 벽을 따라 빠른 걸음으로 나아갔다. 크윽, 역시 부끄럽네.

그런 자세로 느릿느릿 움직였기에, 내가 칸막이 네트를 지나쳤을 때는 과장님이 자취를 감춘 뒤였다.

안쪽에 있는 무대를 보았지만 딱히 사람이 있는 것 같지는 않았다. 위쪽 관중석에라도 올라간 건가? 그렇게 생각하며 올려다봐도 큼직한 차광 커튼만 있을 뿐. 어디로 사라진 거지? 운동기구를 넣어두는 창고에라도 숨으면 골치 아파지는데.

그런 생각을 하며 문득 여자 배구부가 연습 중인 코트를 살펴보니⋯⋯.

"아니, 저 사람 대체 뭐 하는 거야!"

교복 차림인 과장님이 가방을 배낭처럼 등에 멘 채 여자 배구부원들 사이에 숨어서 어택 연습을 하는 사람들과 함께 줄을 서 있었다.

당연히 부위에 있던 부원들은 '어? 어?'라고 말하는 듯한 표정으로 과장님을 보고 있었지만, 연습 진행을 맡은 애는 눈치채지 못한 건지 묵묵히 토스를 올리고 있었기에 줄은 순조롭게 줄어들었다.

"이해가 안 되네. 진짜로 어떻게 된 상황이냐고, 이게."

너무나도 기상천외했기에 굳은 채 그 모습을 지켜보고 있자니드디어 과장님 차례가 와버렸다.

그럼에도 불구하고 연습 진행을 맡은 애는 성실하게 토스를 올렸다. 절묘한 높이의 중간 거리 토스다. 아니, 저렇게 시야가좁은 애가 연습 진행을 맡아도 괜찮은 거야?

올라간 토스에 맞춰서 과장님이 도움닫기를 시작했다. 어라?저 사람, 딱히 배구 경험 같은 건 없을 텐데? 폼이 엄청나게 깔끔하잖아. 게다가 엄청 높게 뛰었어.

타악! 깔끔하게 들어맞은 소리가 코트에 울렸고, 과장님의 손바닥에서 날카로운 스파이크가 나를 향해 날아들었다.

응?

나를 향해?

"으아~!"

빙글빙글 회전하는 공이 점점 가속하며 내게 다가왔다.

이 녀석, 도망치는 게 질렸는지 공격까지 하다니!

하지만, 좀 전에도 말했듯이 나는 중학교 때 배구부였다고.게다가 포지션은 리베로.

아무리 폼이 깔끔하다 하더라도, 초보가 날린 스파이크 따위 화려하게 리시브해주지!

"으랴아!"

투웅! 소리를 내며 아래쪽으로 자세를 잡은 내 두 팔이 과장님이 날린 스파이크의 충격을 흡수했다. 리시브된 공은 높게 포물선을 그리며 멋지게 공 바구니 안으로 빨려들어 갔다.

""오오오……!""

주위에 있던 부원들이 목소리를 내며 드문드문 박수를 쳐주었다.

나는 에헤헤, 쑥스러워하며 머리를 긁었다.

의외로 아직 현역에서도 통할지 모르겠다. 고등학교 때도 배구부에 들어갈 걸 그랬네.

그렇게 한눈을 파는 사이, 과장님은 체육관을 한 바퀴 돌아서 들어왔던 입구까지 이동해 있었다.

"아, 이런!"

나는 곧바로 돌아서서 입구 쪽을 향했다.

아니…….

팔 아파아아아아아아아아아!

엄청나게 아파아아아아아아아아!

뼈가 엄청 저려어어어어어어어어어!

오랜만에 배구를 했으니 이렇게 되는 게 뻔하긴 한데, 과장님이 너무 대단해! 초보의 스파이크가 아니라고, 그거!

적이 되니 진짜로 골치 아프네, 저 사람!

내가 울상을 지으며 입구에 도착했을 때, 과장님은 이미 연결 통로를 지나 학교 건물로 돌아가 버렸다.

나는 체육관을 나서기 전에 연습 중이던 사람들에게 고개를 숙이고.

"소란스럽게 해드려 죄송합니다!"

사과를 하고 나서 다시 그녀를 쫓아갔다.

은근히 인생 첫 경험이네. 상사가 저지른 실수의 뒤처리를 하는 거.

그건 그렇고, 아까 그 스파이크 공격 때문에 거리가 꽤 벌어져 버렸다.

그 결과 학교 건물로 돌아왔을 때는 완전히 과장님을 놓쳐버렸다.

이제 다 틀렸나…….

아니, 아직 포기하기는 이르다.

내게는 그 특기가 있잖아.

그렇다, 과장님의 머리카락에서 풍기는 꽃 같은 향기를 구분하는 능력!

아직 그 잔향이 이 복도에 남아있다. 그걸 따라서 가보면.

킁킁.

킁킁킁킁.

흐읍흐읍.

"위쪽이군."

나는 계단 앞에서 멈춰서서 쿨하게 중얼거렸다.

내려갔다가, 올라갔다가. 정말, 정신없는 말괄량이 걸이군.

"기다리라고, 과장님. 그 향기를 더듬어서 당신을 붙잡을 테니까!"

솟구치는 정열과 함께 나는 계단을 뛰어 올라갔다.

2층에 도착.

쿵쿵.

쿵쿵쿵쿵.

흐읍흐읍.

"더 위쪽이구나."

3층에 도착.

쿵쿵.

쿵쿵쿵쿵.

흐읍흐읍.

"한 층 더 올라가야겠군."

쿵쿵.

쿵쿵쿵쿵.

흐읍흐읍.

"여긴가?"

나는 4층 복도를 둘러보았다.

사람은 보이지 않지만, 꽃 같은 향기가 한층 더 진해졌다. 이제 얼마 남지 않았다.

하지만 이 능력은 막대한 집중력과 정신력을 소비한다.

버텨줘……, 내 몸아━━━! 최후의 발동이다!

"으앗! 카미조 양, 갑자기 무슨 일이죠?!"

복도 안쪽, 학생회실 쪽에서 여학생 목소리가 들렸다. 응, 있네. 최후의 발동도 안 했는데 그냥 있네.

나는 여유로운 발걸음으로 복도를 나아가 학생회실 앞에 도착했다.

똑, 똑, 똑, 똑.

노크를 네 번.

"네, 네에~."

좀 전에 새어 나왔던 여학생 목소리가 안에서 울렸다.

"실례합니다."

나는 문을 열고 학생회실로 들어갔다.

안에는 긴 책상 네 개와 접이식 의자 몇 개가 직사각형을 그리며 놓여 있었다. 거기 앉은 사람은 학생회 임원들 네 명.

이번 선거에서 나오를 이긴 학생회장 여자애도 있었다. 아마 좀 전에 들었던 목소리는 그 학생회장의 목소리일 것이다. 거기에 부회장인 남자애 하나와 서기, 회계로 보이는 여자애가 둘.

처음 입을 연 사람은 학생회장이었다.

"저, 저기, 무슨 일이시죠?"

하늘하늘하게 파마를 한 귀여운 여자애다. 아마 2학년 선배였던 것 같은데. 연설은 무난한 내용이긴 했지만 그게 오히려 평가가 좋았고, 이른바 모든 항목에서 평균 점수를 따내는 올라운더 같은 분위기가 있다. 학생회장에는 적합할 것 같다. 천진난만하고 왠지 혁명을 일으켜줄 것 같은 나오와 믿음직스러울 것 같아서 안심하며 신뢰해도 될 것 같은 이 여자애. 둘 중에서 대중이 선택한 건 후자였다. 나오에게는 미안하지만, 역시 어떤 곳에도 신뢰라는 건 중요하다. 비즈니스든, 정치든, 교우 관계든.

나는 그 신뢰할 수 있는 학생회장에게 물었다.

"여기 카미조 토우카 양이 왔죠?"

"그, 그랬샤아? 모르겠는데헤?"

완전 거짓말쟁이네!

신뢰라는 게 요만큼도 없어!

그리고, 거짓말도 진짜 못해!

샤아는 뭐야? 붉은 혜성이냐고!

"아뇨, 다 알거든요. 아직 여기 있죠?"

"어, 없는데에?"

입이 문어처럼 변했다고!

진짜로 거짓말 서투르네!

학생회가 요주의 인물을 숨겨주다니, 명성도 땅에 떨어졌네. 뭐, 내 마음속 한정 요주의 인물인 거지만.

이 사람도 과장님과 같은 2학년이니까 동급생인 미소녀의 꾀임에 넘어가서 악행에 손을 더럽힌 게 분명하다. 신뢰할 수 있는 그 자상한 마음씨를 이용당한 건가? 하지만 정의는 내 손안에 있다. 무슨 정의인지는 모르겠지만! 각자 생각해봐!

"좀 전에 여기서 목소리가 들렸거든요. 카미조 선배의 이름을 부르는 학생회장의 목소리가요."

"나, 학생회장 아닌데에?"

진짜 괴멸적인 거짓말 센스야!

눈이 카지노의 슬롯머신처럼 빠른 속도로 떨리고 있다고!

아니, 학생회장이 아니라는 건 무슨 소리야! 무슨 생각으로 그런 거짓말을 밀어붙이려고 한 거냐고!

"그런 거짓말은 소용없어요."

"진짜라니까아? 나, 학생회장 아닌데에?"

"끈질기게 늘어질 부분은 거기가 아닐 텐데!"

바보 같은 대화를 지켜보고 있던 다른 임원 한 명이 내 앞을 가로막았다.

안경을 쓰고 눈빛이 날카로운 여자애였다.

"네놈은 실내화 색을 보니 1학년이군. 하급생이 학생회장에게 그런 말투를 쓰다니, 실례잖아."

"봐, 학생회장이라고 하잖아! 이 사람, 학생회장이라고 했잖아!"

"그래, 맞다, 그녀는 학생회장이야."

"응, 뭐, 그걸 인정해봤자 기쁘진 않지만 말이지."

"하지만, 카미조 토우카가 여기 없다는 건 사실이다."

그녀는 안경을 빛내며 말했다.

"무슨 말도 안 되는 소릴. 이 방은 4층 구석에 있고, 입구는 하나뿐인데. 그리고 목소리를 들은 이후로 학생회실에서 누군가가 나가는 모습을 못 봤어."

"그렇게 말해봤자 사실이니 어쩔 수 없지. 2학년 8반, 학생회 회계, 나, 키류사카 사쿠라코의 이름을 걸고, 진실임을 맹세하마."

"엄청 학생회장 같은 이름이네!"

"아니, 학생회장은 그녀다."

"나, 학생회장 아닌데에?"

"아, 진짜 엉망진창이야!"

그런데 회계라는 키류사카 선배, 왠지 어디선가 본 듯한 얼굴인데.

그것도 기시감이 꽤 강하다. 자주 본 것 같기도 하고…….

어라? 잠깐만, 키류사카라면……, 이렇게 드문 성은.

"아, 반장!"

"반장? 나는 회계다. 그리고 그녀는 학생회장이지."

"아니, 그건 이제 됐다고요! 그건 그렇고, 키류사카 선배, 여동생 있지 않나요?"

"그래, 어리석은 여동생이 한 명, 1학년 7반에 있다만."

"역시나!"

이 사람, 우리 반 수전노 반장의 언니다. 학생회 회계를 맡고 있다는 게 그야말로 핏줄이라는 느낌이네.

크윽, 그렇다면 꽤 버거운 상대인데…….

"자, 이제 됐겠지. 원래 학생회실에 일반 학생은 출입금지다. 어서 나가도록."

"이 학교 교풍이 그렇게 엄했나?! 애니도 아니고!"

"주절거리지 말고 나가!"

꽤 고집스럽네. 어째서 학생회가 이렇게까지 과장님을 감싸는 거지?

그렇다면.

"돈인가……."

키류사카 선배의 귀가 움찔거리며 움직였다.

"뭐라고……?"

"카미조 선배에게 돈으로 매수당해서 숨겨주고 있는 거죠!"

"네놈, 듣자 듣자 하니까……. 학생회장에게 무례하다는 생각도 안 드나!"

"당신에게 말한 거라고!"

낯짝 두께가 반장이랑 똑같아!

"나는 푼돈으로 움직이지 않는다!"

"그게 반론이냐!"

"자, 나가라! 이 방에는 카미조 토우카가 숨어있지 않으니까!"

과장님이 이 방 어딘가에 숨어있다는 건 확실해졌지만, 매수당한 학생회를 상대로 억지로 찾으려 해도 포위당한 다음, 방 밖으로 쫓겨나고 끝일 것이다.

하지만 해결 방법은 매우 간단하다.

"얼마죠?"

"아직 눌러앉을 셈인가? 자, 어서 나가라."

"1000엔."

"쓸데없는 망상에 어울려줄 시간은 없다."

"2000엔."

"학생회는 바쁘단 말이다."

"5000엔."

"정말, 일반 학생 따위가 우리 같은 학생회를 방해하지 말았으면 좋겠군."

"…………10000엔."

"아~, 바쁘다, 바빠."

"30000!"

"무슨 일이지? 1학년 군, 고민이라도 있나? 이야기를 들어보자고. 자, 앉도록. 소중한 학생의 상담을 받아주는 것도 어엿한 학생회의 역할이니 말이야. 잠깐만 기다려라. 지금 차를 내주마."

키류사카 선배는 내 앞에 있던 의자를 빼주고, 학생회실에 있던 냉장고에서 꺼낸 보리차를 컵에 따라서 내게 가져다주었다.

계속 뛰어와서 마침 목이 말랐었기에 키류사카 선배가 내게 내민 보리차를 단숨에 마신 다음, 그녀에게 말했다.

"카미조 토우카 선배를 찾고 있는데요."

"저기 있는 사물함 안에 숨어있다."

"감사합니다. 보답은 나중에 해드리죠."

"으음."

초등학생 때부터 계속 모아온 세뱃돈 중 대부분을 잃게 되었지만, 어차피 그 세뱃돈으로 산 대학교 입학 기념 손목시계는 서클 신입생 환영 모임 때 잃어버리게 될 미래였으니 문제없다. 써야 할 때 쓰는 게 돈이다.

나는 키류사카 선배가 손가락으로 가리킨 책 보관용 사물함 앞으로 왔다.

허리 높이 정도 되는 큼직한 강철제 사물함이었다.

그 문을 스윽, 옆으로 제쳤다.

"……………."

몸을 웅크린 과장님이 그 안에 쏘옥, 들어가 있었다.

"배신자아……."

얼굴을 무릎에 파묻고 있던 과장님에게서 새어 나온 목소리 아닌 목소리가 학생회실에 조용히 울려 퍼졌다.

◆

남은 사람은 아무도 없는 1학년 7반 교실.

나와 과장님은 책상 하나를 사이에 두고 뒤쪽 가운데 근처 자리에 나란히 앉아 있었다. 또 도망칠 가능성도 고려해서 내가 복도 쪽에 있다.

나는 칠판 쪽을 보며 과장님에게 물어보았다.

"왜 도망치신 건데요."

"안 도망쳤는데."

과장님은 책상에 엎드린 채 대답했다.

"아니, 도망쳤잖아요."

"운동하려고 했을 뿐인데."

뭐, 뛰고, 어택 연습을 하고, 계단을 오르고, 꽤 힘든 운동이긴 했다.

"요즘 왜 그러시죠? 상태가 이상한데요."

"시끄러어."

"평소 과장님답지 않잖아요."

"나, 과장님이야."

"맞아요. 그 과장님에게 무슨 일이 있었던 거죠? 문화제 때 있었던 일하고 관계가 있나요?"

"몰라. 시끄러어."

안 되겠다. 완전히 마음을 닫아버렸다.

"과장님, 만약에 제가 뭔가 저지른 게 있다면 사과드릴게요. 그러니까, 평소의 과장님으로 돌아와 주세요."

"시끄러어, 미워!"

밉다는 말을 들었어!

이럴 수가⋯⋯.

나는 어느샌가 과장님에게 미움을 받을 만한 짓을 해버린 건가⋯⋯?

"과, 과장님⋯⋯."

"미워, 미워, 미워, 미워!"

이번엔 네 번이나 들었어!

한 번만 더 들으면 나는 이제 일어설 수가 없어!

"죄송합니다, 과장님. 사과드릴게요. 사과드릴 테니까 그런 말씀 하지 마세요."

"미워~~~~~~~~~~~~~~~~~~~~~~~~~~~~~어!
바보야~~~~~~~~~~~~~~~~~~~~~~~~~~~~!"

과장님은 일어서서 내 얼굴도 보지 않고 재빠르게 교실을 나갔다.

나는 그녀가 가게 그냥 내버려 둔 채 의자에 몸을 기대고 교실 천장을 올려다보며 입을 떡 벌리고 있었다.

더 이상 과장님을 쫓아갈 수가 없었다.

왜냐하면, 그녀에게 '밉다'는 말을 한 번 더 들었기 때문이다.

◆

"미워, 미워, 미워, 미워, 미워, 미워."

나는 집에 갈 준비를 마치고 터덜터덜 학교 건물 입구에서 교문으로 이어지는 길을 혼자서 걸어가고 있었다.

야구부의 호령 소리가 운동장에 울려 퍼졌다.

미워.

모두 합쳐서 여섯 번이나 들었다.

6······. 6······. 666.

666······, 헉! 악마의 숫자다······.

과장님은 지금 악마에게 빙의된 건지도 모르겠다.

아니, 악마에게 빙의된 건 나인가······?

어떤 비밀 조직이 내 존재를 눈치챈 게 틀림없다. 이 녀석, 타임 리프했는데, 2주차 인생이라니 치사하고 용납할 수 없다! 하는 사상이 조직 내부에서 달아오르기 시작해서, 저주를 걸어주자고 흑마술로 악마를 소환한 거다.

그리고 조직의 우두머리가 악마에게 소원을 빌었겠지. '시모노 나나야를 불행하게 만들어다오' 라고.

어차피 이 마음의 소리도 듣고 있을 거다.

자, 악마, 듣고 있는 거지!

나를 더 불행하게 만들 셈이냐!

할 수 있다면 해봐라.

"악마 녀석! 나는 지지 않는다! 덤벼!"

퍼억!

뒤통수에 묵직한 통증이 느껴졌다.

역시나!

악마가 내 일거수일투족을 감시하고 있는 거야!

"악마 녀석……."

"누가 악마야."

두 손으로 뒤통수를 누르며 몸을 웅크리고 있던 내 머리 위에서 목소리가 들렸다.

나는 악마의 얼굴을 구경해주겠다는 생각으로 그쪽을 돌아보았다.

"아, 비와코 선배."

"아, 비와코 선배는 무슨. 왜 혼자서 악마고 뭐고 소리 지르고 있는 건데? 토우카를 넘어 너까지 머리가 이상해진 거야?"

보아하니 금발 갸루 악마는 들고 있던 가방으로 내 머리를 때린 모양이었다. 아니, 왜 아무렇지도 않게 때리는 건데? 악마가 아니라 해도 너무한 거 아닌가?

"비와코 선배도 지금 가시나요?"

"그래."

"스쿠터는요?"

"어제부터 상태가 안 좋길래 걸어서 왔어. 중고니깐~. 아르바이트라도 해서 새 걸로 뽑을까."

"비와코 선배도 악마에게 저주받은 거 아닌가요?"

"그러니까 대체 무슨 악마 이야기냐고. 좀 무섭거든?"

"역시 겁쟁이."

"네가 무섭다는 뜻이야! 그건 그렇고, 왜 혼자서 어두운 표정으로 중얼거리고 있었던 건데? 아니, 안색 너무 안 좋잖아. 빵 터지네."

"비와코 선배……, 과장님에게 말이죠, 과장님에게 밉다는 말을 들었다고요!"

"흐응~."

"흐응~이라니! 흐응~이라니! 너무해!"

"있잖아, 지금 같은 상태인 토우카에게 무슨 말을 들었다고 진지하게 받아들일 멍청이가 대체 어디 있는데? 멍청이 아니야?"

"멍청이라고 두 번이나 말할 필요는 없잖아요! 그야 저도 그런가 싶긴 하지만, 실제로 대놓고 그런 말을 들으니 상당히 괴롭단 말이에요……."

"그래, 그래, 그거참 안 됐구나, 나나야 군~. 토우카는 나나야 군을 싫어하지 않을 거야아~."

비와코 선배가 내 머리를 마구 쓰다듬었다. 그만해! 과장님은 그렇게 거칠게 쓰다듬지 않는다고. 부드럽게 쓰다듬어준단 말이야.

"흑흑……, 과장님……."

"우와, 울고 있네. 기분 나빠."

"역시 당신은 악마였어!"

"마침 토우카 때문에 가볼 생각이었는데, 너도 같이 갈래?"

"가본다고요?"

"그래."

비와코 선배는 드릴처럼 큼직한 트윈테일을 흔들며 팔짱을 꼈다.

"어디 가시는 건데요?"

"도우미가 있는 곳."

"도우미……?"

"비와도 슬슬 토우카가 진짜로 장난 아니라고 생각하기 시작했다는 거야. 눈앞에서 머리카락을 자르려고 했을 때는 진짜 정색하기도 했고."

"그때는 과장님의 눈부신 흑발을 지켜줘서 감사해요."

"으음, 으음. 그래서, 솔직히 우리에게는 버거워지기 시작하고 있잖아? 너는 밉다는 말을 들었다고 울상이나 짓고 있으니까. 믿음직스럽지 못해."

"면목이 없네요."

애초에 믿음직스럽지 못한 덜렁이 평사원이었다고요. 좀 봐주세요.

"그러니까, 이럴 때는 믿음직한 도우미에게 도와달라고 하려는 거지."

"믿음직스러운 사람……, 누가 있나요?"

"너 말이야……, 좀 스스로 생각해 보라고. 한 명밖에 없잖아."

과장님 관련으로 믿음직한 사람……?

"아……!"

"그래, 친구가 아니라면 가족이라는 거지!"

"알겠습니다! 저도 따라갈게요!"

그래, 우리에게는 비장의 도우미가 있잖아.

연애 멘탈리스트 Yuito 선생님이!

◆

학교를 나선 우리는 교복을 입은 채 이동해서 어떤 곳에 와 있었다. 비와코 선배가 미리 약속을 잡아두었다고 했는데…….

"비와코 선배, 여기 맞나요?"

비와코 선배의 안내를 받아 도착한 곳은 깔끔한 4층 건물이었다. 1층에는 유리가 둘러져 있고, 전체적으로 세련된 느낌이다.

건물 정면에는 우리보다 약간 나이가 많은 것 같은 젊은이들이 큼직한 가방을 끌어안고 자주 드나들고 있었다. 그들에게는 알아보기 쉬운 특징이 있었다. 금색, 오렌지색, 회색, 녹색까지, 머리카락이 마치 화가의 파레트를 들여다본 것처럼 다채롭고 기발하다는 것이다.

"응, 맞는데."

자신만만하게 말한 비와코 선배. 하지만 불안한 마음이 가시지 않았다.

"저기……, 여기, 학교죠?"

"맞는데?"

학교라는 건 오케이다. 유이토 씨는 아직 학생이다. 그러니 학교에 있다는 건 이해가 된다. 하지만 그가 다니는 곳은 대학교이고……. 이곳은 학교이긴 하지만.

"전문학교……?"

"그래, 미용 전문학교. 미용사가 되기 위해 다니는 학교야."

그녀가 말한 대로 건물 정면에 큼직하게 적혀 있는 명칭은 '야마부세 미용 전문학교'였다. 분명 미용사가 되고 싶어 하는 학생들이 다니는 곳이다.

유이토 씨하고 미용 전문학교에 무슨 관련이 있는 거지? 혹시 유이토 씨의 여자친구분이 여기 학생인 건가? 유이토 씨는 여러모로 바쁘니까 데이트 약속과 비와코 선배의 상담을 한꺼번에 해결하기 위해 만나기로 한 곳을 이곳으로 지정했다거나……, 응, 그럴 수도 있겠네.

"그럼, 여기에 유이토 씨가 오겠네요."

"뭐?"

"응?"

"유이토 군이 무슨 관련이 있는데."

"어째서 유이토 씨가 관련이 없는 거죠?"

"뭐?"

"응?"

뭐야?

그게 무슨 뜻인데?

제가 뭔가 이상한 말을 했나요?

"유이토 군은 안 오는데."

"안 온다고?!"

"아~, 뭐야, 나나노스케, 도우미가 유이토 군인 줄 알았어?"

"그것 말고 다른 선택지가 떠오르지 않아서요. 네, 그렇게 생각했는데, 아닌가요?!"

"빵 터지네. 여자애에게 생긴 이변에 대해 너를 포함한 남자들하고 의논해봤자 해결될 리가 없잖아."

"끄으윽……, 좀 전에 꼴사나운 모습을 보여서 뭐라 맞받아칠 수가 없네!"

아니, 잠깐만 기다려 보라고. 그렇다면 대체 누구에게 의논하려는 건데.

도우미가 누구냐고.

"앗, 왔다!"

내가 혼란스러워하고 있자니 비와코 선배가 학교 입구를 향해 손을 흔들었다.

자동문이 열리고 또각또각, 하이힐 소리가 울렸다.

화려한 옷을 입은 학생들과는 대조적으로 까만 정장을 차려입은 그 사람이 이쪽을 향해 걸어왔다.

타이트 스커트에 큰 가슴과 예쁜 목덜미를 강조하는 얇은 재킷. 한 올 한 올 반짝거리는 암갈색 머리카락은 위쪽으로 묶어 올렸고, 얼굴 라인을 따라 흘러내린 긴 옆머리가 화려함을 연출하고 있었다.

압도적인 오라를 뿜어내는 그 여자를 한마디로 표현하자면, 이것만큼 정확한 단어는 없을 것이다.

THE 어른 누님.

엄청나게 미인인 여자가 우리 눈앞으로 다가온 것이다.

"기다렸지, 사콘지."

"안녕, 안녕~. 아야카. 오늘은 잘 부탁해~."

척 보기에도, 아무리 봐도, 십중팔구, 우리보다 연상인 것 같은 어른 여자인데. 이 사람은 정말 상대가 누구라 해도 이런 분위기구나.

응, 아니, 그래서 누군데!!

"어머, 거기 있는 남자애, 혹시 시모노?"

"네! 어, 저를 아시나요?!"

누님이 나를 보고 방긋 웃었다.

이런, 너무 미인이라 심장이 단번에 터져버릴 것 같다.

"물론이지. 이야기는 딸에게 자주 들었어."

"딸……?"

"처음 뵙겠어요. 토우카의 어머니, 카미조 아야카예요. 잘 부탁해, 시모노 나나야."

이 사람, 과, 과, 과, 과장님네 어머님이다~~~~~~~~~~!

제3장 ┃ 성실함과 불성실함

Why is
my strict
boss
melted
by
me ?

야마부세 미용 전문학교에는 본관 말고도 신관, 별관, 학생 강당이라는 건물이 있는 모양이었다. 학생 강당은 수업 같은 것 없이 학생들이 자유롭게 쓸 수 있는 휴게소 같은 역할을 지녔으며, 회사 안에 있는 카페 공간 같은 곳이라고 아야카 씨가 가르쳐 주었다. 겉으로 보기에는 교회처럼 생겼다.

그 학생 강당으로 안내를 받은 나와 비와코 선배는 아야카 씨가 사준 커피와 밀크티를 들고 4인용 테이블석에 앉았다.

주위는 야마부세 미용 전문학교 학생들로 떠들썩했다.

"마침 주간부하고 야간부가 교대하는 참이라 사람들이 제일 많이 모이는 시간대거든. 시끄러운 곳이라 미안해."

아야카 씨가 우리 맞은편에 앉아 그렇게 말했다.

이렇게 보니 눈가 같은 부분이 과장님하고 빼닮았다. 그 매처럼 날카롭고 예쁜 눈은 어머니에게 물려받은 거였구나.

"아뇨, 아뇨. 역시 다들 멋쟁이네요."

"어머, 너희도 멋쟁이잖니."

"어? 뭐, 비와코 선배가 멋쟁이라는 건 이해가 되지만……, 저는 그냥 교복을 입었을 뿐인데요?"

"멋이라는 건 보여줄 상대방에 대한 의식과, 자신을 표현하겠다는 노력에 대한 의식만으로 성립되는 거야. 그걸 통틀어서 미의식이라고 하지."

"네, 네에."

이런, 이해가 안 된다. 멋이니 미의식이니 하는 것과 인연이 없는 인생을 살아온 나는 아야카 씨가 하는 말을 전혀 이해할 수가 없었다.

"나나노스케는 그런 거에 둔하니까. 이해가 안 되지~?"

"시끄러워요. 저, 저도 이해한다고요."

항상 정곡만 찔러대고, 이 갸루가.

"시모노는 확실한 미의식을 가지고 있어. 누군가에게 보여준다는 의식을 갖추고 있지. 손톱도 깔끔하게 잘랐고, 머리카락도 제대로 다듬었잖니. 교복에 주름도 없고, 신발도 지저분하지 않게 잘 닦았어, 자세도 좋고. 미의식의 기반을 갖추고 있다면 사회에 나갔을 때 매우 도움이 된단다."

아, 그건 이해가 된다. 왜냐하면 과장님이 항상 입에 침이 마르도록 말했던 거니까.

영업맨은 항상 고객이 보고 있다는 의식을 지닐 것. 정장에 주름이 있거나, 신발이 지저분하면 상대방을 불쾌하게 만들어버린다. 고객을 생각하려면 우선 자신을 깔끔하게 보여라.

신뢰를 얻으려면 꾸준하게 배려해야 하는 것이다.

과장님의 그런 가르침을 실천하고 있다는 걸 아야카 씨는 느꼈는지도 모르겠다.

"미의식이라는 말을 듣고 보니까, 아야카 씨도 정말 젊고 예쁘시네요. 처음에는 이곳 학생인줄 알았어요."

"무슨, 바보 같은 소리 하지 마, 시모노! 얘도 참, 아줌마에게. 바보 아니니? 정말!"

반응이 과장님하고 똑같잖아!

"토우카랑 똑같지?"

비와코 선배가 내게 귓속말을 하며 웃었다.

"그러게요."

"이놈, 사콘지, 방금 내 험담했지?"

"아니, 아야카가 토우카랑 똑같다고 했을 뿐인데."

"그건 험담이 아니지, 오히려 기쁘네. 하지만 내가 토우카를 닮은 게 아니라 토우카가 나를 닮은 거란다. 시간을 따지면 말이지."

논리를 따지는 부분도 과장님하고 똑같은데!

"그런데 아야카 씨, 일은 괜찮으신가요?"

"그래, 나는 주간부 담당이니까 수업은 이제 없어. 일이 조금 남긴 했지만 급한 건 아니니까 괜찮아."

아야카 씨는 이곳, 야마부세 미용 전문학교의 학생이 아니라 교사다. 원래는 미용사였고, 실무를 거쳐서 교원이 된 모양이었다.

이런 미인 교사가 있다면 최고의 학생 생활이 되겠네.

"죄송합니다, 바쁘실 텐데 시간을 내게 해드려서요."

"아니야."

"야~, 약속을 잡은 건 비와거든? 왜 자기가 말을 꺼낸 것처럼 이야기를 진행하는 건데? 나나노스케."

"상관없잖아요. 과장님을 걱정하는 마음은 마찬가지 아닌가요? 자, 일심동체, 야~."

"일심동체는 맞지. 야~."

내가 그렇게 말하자 평소처럼 주먹을 내미는 비와코 선배. 왠지 갸루를 다루는 법이 익숙해졌네.

"애초에 어째서 비와코 선배가 이렇게 간단히 아야카 씨하고 약속을 잡을 수 있었던 거죠?"

"그야 메일 주소를 알고 있으니까."

"그러니까, 어째서요."

아야카 씨가 옆머리를 귀에 걸치며 커피를 한 모금 마시고 대답했다. 그 모습도 과장님과 비슷해서 가슴이 두근거려 버렸다.

"사콘지는 집에 자주 놀러 와주니까. 그때 사이좋게 지내게 된 거야."

"이예이~. 나나노스케하고는 토우카와의 거리감이 다르다는 거라고."

"저도 과장님네 집에 가본 적이 있거든요?"

"몇 번?"

"하……, 한 번."

"어? 어? 어? 한 번? 미안, 잘 안 들렸어, 한 번?"

"다 들었잖아!"

"비와는 열다섯 번~."

"그걸 다 세고 있었어?! 기분 나쁘네!"

"그래, 그래, 분할 만도 하겠지, 안 그래애~?"

"열받네! 내가 과장님하고 더 오랫동안 알고 지냈다고!"

"아니, 아니, 아니, 나나노스케, 나나, 나나야~. 비와랑 토우카가 친해진 계기에 대해서 말해줬잖아?"

"……그걸 친해진 계기라고 따지는 건 이상한 것 같은데요~."

"그래, 그래, 그런 건 됐다고. 그래서, 비와가 토우카를 처음 만난 게 언제였지?"

"……초등학교."

"나나노스케가 토우카를 만난 건?"

"……고등학교."

"고등학교란 말이지, 고등학교. 중학교도 아니고 고등학교란 말이지."

"자기도 공백기가 있었으면서!"

"공백기가 있든 없든, 비와가 토우카를 더 먼저 만났거든요~. 자, 논파~."

"ㅇㅇㅇㅇ! ㅇㅇㅇㅇㅇㅇㅇㅇ!"

나와 비와코 선배의 뜨거운 배틀이 내 완패로 끝나자 맞은편에서 우아한 웃음소리가 들렸다.

"쿡쿡쿡, 우후후후후. 앗, 미안해. 둘 다 정말 귀여워서 나도 모르게 그만. 토우카를 좋아해주는구나. 고마워."

아야카 씨가 부드러운 미소를 지으며 이쪽을 보았다.

나와 비와코 선배는 그 미소에 쑥스러워져서 아무 말도 하지 못했다.

"그런데 시모노."

"네."

"과장님이라는 게 뭐니?"

"아······."

무서워!!

진지할 때 보이는 눈빛까지 과장님이네! 캐물을 때 보이는 과장님의 눈빛이야!

아, 이런, 이런. 그리고 보니 잊고 있었는데, 이 사람은 과장님의 어머니인 것과 동시에 유이토 씨의 어머니이기도 했지. 사소한 말실수만으로도 이런저런 것들을 꿰뚫어 보는 듯한 이 느낌. 그야말로 유이토 씨와 마주 보고 있을 때 같다.

"이 녀석, 토우카를 과장님이라고 불러. 이상하지~."

비와코 선배가 내 대신 대답했다.

"특이한 별명이긴 하네. 마치 회사 상사 같은 호칭이야."

"아, 아하하."

나는 아야카 씨에게서 눈을 피하고 쓴웃음을 지으며 둘러댔다.

이제 슬슬 호칭을 바꿔야 하나. 하지만 이미 무의식 수준으로 과장님이라고 부르는 것에 익숙해져 버렸으니까. 호칭을 바꾸는 것만 놓고 봐도 꽤 어려운 문제란 말이지.

내가 껄끄러워한다는 걸 짐작했는지 아야카 씨가 더 이상 캐묻지 않고 본론으로 들어갔다.

"그래서, 요즘 토우카의 상태가 이상하다는 이야기였니?"

"맞아~, 맞아~. 완전히 허당이 되어버린 느낌?"

"이놈, 비와코 선배. 부모님 앞에서 그렇게 있는 그대로 말하면 안 되죠."

아무리 사이가 좋다 해도 너무 예의가 없는 짓 같다.

"괜찮아, 시모노, 토우카가 허당인 건 항상 그랬던 일이니까."

"아뇨, 아뇨, 과장님……이 아니라, 토우카 선배는 평소에도 착실했고 가끔만 허당이었다고요!"

"너도 허당이라고 하면서. 빵 터지네."

"아, 죄송합니다! 그래서……, 요즘 토우카 선배 말인데요, 집에서는 어떤 느낌인가요?"

"그러게, 방금도 말했지만 허당인 건 항상 그랬으니 딱히 달라진 건 없다고 치고, 기운이 좀 없는 건 사실이야. 뭐, 그것도 항상 그러긴 했어. 무슨 일만 생기면 곧바로 풀 죽곤 하거든. 그왜, 그 애는 멘탈이 약하니까."

아야카 씨가 마치 공통적인 인식 아니냐는 표정을 지었기에 나와 비와코 선배는 동시에 손을 저었다.

""아니, 아니, 아니, 아니, 아니.""

"과장님의 멘탈이 약하다니, 무슨 농담을 그렇게 하시나요."

"맞아, 맞아, 멘탈이 엄청 강한 토우카가 이렇게 되었으니까 아야카에게 의논하려는 건데."

하지만 아야카 씨의 표정은 매우 진지했다.

"그 애, 어렸을 때부터 울보, 겁쟁이, 응석꾸러기까지 삼관왕이었는데."

그럴 리가 있나! 그렇게 엄청 무서운 상사인 과장님이 응석꾸러기라고? 믿든 안 믿든 당신에게 달렸다는 듯이 말이야. 어? 그럼 뭐야, 응석꾸러기 과장님은 이런 느낌인 거야? 응?

토우카와 동거 중인 나. 오늘도 그녀가 차려준 아침밥을 먹고, 일을 하러 가기 위해 현관으로 나섰다.

"역시 싫어!"

"응? 왜 그래? 토우카."

"나나야 군, 그냥 일하러 가지 마! 토우카랑 같이 있어줘~."

"이놈, 고집부리지 마."

"그래도, 나나야 군하고 계속 같이 있고 싶단 말이야. 쓸쓸해~."

"정말, 곤란한 응석꾸러기네. 자, 이리 와."

내가 토우카를 향해 두 팔을 벌리자 그녀는 앞치마 차림으로 타박타박 다가와서 나를 끌어안았다.

"에헤헤, 냄새 좋다."

"토우카, 꼬옥 안아주는 거 좋아하지?"

"응, 꼬옥 안아주는 거 좋아. 꼬옥~."

"아하하. 토우카 파워를 주입해줘서 나도 일을 열심히 할 수 있을 것 같아. 이다음은 일하고 와서 하자?"

"응……, 이따가 오면 잔뜩 사랑해줘야 해?"

이런 거라고? 어? 이런 거냔 말이야?!

응석꾸러기라는 건 이런 거잖아!

안 그래요? 그렇죠? 비와코 선배!

내가 옆을 보자 근처 여자애들이 동경하는 존재인 카리스마 갸루가 늘어진 표정을 지으며 침을 흘리고 있었다.

생각하는 건 똑같은 건가.

카미조 토우카 팬클럽 회원인 우리가 망상 세계에 빠져 있자니 야마부세 미용 전문학교의 여학생 두 명이 아야카 씨에게 다가와서 제각각 사람 머리를 내밀었다.

"히, 히익! 사, 사람 머리?!"

망상에서 현실 세계로 단숨에 돌아온 나는 몸이 굳은 채 한심한 목소리로 말했다. 너무 많이 돌아와서 전국시대까지 와버린 건가?!

"우후후후, 시모노는 재미있구나. 토우카가 마음에 들어 하는 것도 이해가 돼. 잘 보렴, 마네킹 머리야. 위그라는 연습용 도구."

그 말을 듣고 보니 얼굴의 눈썹이나 눈은 페인트로 그려진 거였다. 머리에는 막대기가 머리카락 하나하나마다 잔뜩 말려있는 걸 보니 파마 연습을 할 때 쓰는 모양이었다.

"두발은 진짜 머리카락이지만 말이지. 제대로 샴푸나 린스를 써서 손질하거든."

"그, 그런가요? 아~, 깜짝 놀랐네."

"빵 터지네. 나나노스케는 겁쟁이구나. 촌스러워."

"뭐요? 자기도 유령의 집에서 잔뜩 겁먹어놓고."

"뭐? 겁 안 먹었거든?"

"뭐요? 비와, 무서워어~라고 하지 않았나요? 아, 그런 말을 하기도 전에 기절했지. 맞아, 맞아, 생각나네."

"뭐? 일단 밖으로 나와라, 빌어먹을 동정 자식아."

"뭐? 바라던 바다, 망할 금발 처녀 갸루."

우리 두 사람 사이에서 불꽃이 튀는 와중에 좀 전에 온 여학생 두 명이 이쪽을 보고 말했다.

"아~! 아마쿠사 고등학교 사콘지 비와코잖아~!" "정말이네! 귀여워!"

"안녕, 안녕~, 비와예요~!"

쳇, 이런 곳까지 알려질 정도로 유명한 거냐고, 이 갸루. 시비를 걸 상대를 잘못 선택했군. 내가 당해낼 상대가 아니야.

"비와코, 다음에 헤어쇼가 있는데 모델 해줘~." "그거 좋다! 비와코가 해주면 그림이 엄청 괜찮을 거야!"

"어~? 어떻게 하지~? 싫지만은 않긴 한데~."

싫지만은 않으면 하라고. 바로 대답하란 말이야. 굳이 일일이 곤란한 듯한 어필하지 마. 옆에 일반인이 있다는 걸 잊지 말라고.

멋대로 신이 난 여자들 사이에 아야카 씨가 끼어들었다.

"자, 둘 다, 스카웃은 나중에 하고, 내게 볼일이 있는 거였지?"

"아, 그랬지. 아야카, 와인딩 과제 끝났으니까 봐줘."

여학생은 그렇게 말하고는 마네킹 머리를 아야카 씨에게 내밀었다.

아야카 씨는 그것을 다양한 각도로 천천히 봤다.

"그래. ……음, ……괜찮네, 깔끔하게 말렸어. 합격."

"나도, 나도, 봐줘, 아야카."

"그래. ……여기, 네이프 부분 텐션이 조금 약해. 전체적인 느낌은 오케이. 네이프만 다시 하면 괜찮을 거야."

""고마워, 아야카.""

마네킹을 돌려받은 두 여학생은 기뻐하며 고맙다는 인사를 하고는 곧바로 떠나갔다. 전문용어가 오가서 이해가 잘 안 되긴 하지만 파마 연습 과제가 있었고, 그걸 교사인 아야카 씨가 체크했다……는 것 같다. 떠나갈 때 비와코 선배에게 손을 흔든 걸 보니 헤어쇼 모델 이야기는 나중에 다시 의뢰할지도 모르겠다.

참고로 나와는 한 번도 눈이 마주치지 않았다. 딱히 슬프진 않지만 말이지.

"미안해, 이야기하던 도중에."

아야카 씨가 우리를 보며 말했다.

"아뇨, 아뇨. 그런데 여기 오던 도중에 말을 걸었던 학생분들도 그렇지만, 다들 아야카 씨를 선생님이 아니라 이름으로만 부르네요."

"비와도 아야카라고 부르는데. 평범한 거 아닌가?"

"비와코 선배는 누구에게나 거리감이 그렇잖아요. 당신은 통계의 샘플이 되지 못해요. 아얏."

테이블 아래에서 정강이를 걷어차였다. 비와코 선배를 보니 메롱, 혀를 내밀고 있었다.

그런 모습을 부드러운 표정으로 바라보고 있던 아아캬 씨가 내게 물었다.

"이상하게 보였니?"

"뭐, 꽤 거리낌 없는 모습이라서요."

특히 과장님의 어머니인 아야카 씨는 외모의 분위기로 봐도 그런 예의에 까다로울 것 같다. 말투도 우아하고, 학교에 꼭 한 명씩 있는 학생들과의 거리가 가까운 교사……, 같은 타입으로는 보이지 않는다는 게 솔직한 심정이다.

단 미용 업계라는 곳은 내가 모르는 세계이고, 이미지만 놓고 보면 꽤 아티스틱한 인상이 있다. 그런 곳에서는 이 정도로 거리낌 없이 대하는 게 일반적일지도 모르겠다.

"하긴, 윗사람을 대하는 법으로 따지면, 사회에 나가서 고생할 사람은 학생들일지도 모르니까."

"어라? 그런가요?"

"미용 업계에서는 이런 게 보통일 거라 생각했니?"

"조금요."

"의외로 그렇지도 않아. 화려한 세계처럼 보이지만, 미용사는 정말 수수하고 힘든 일이거든. 특히 상하관계는 일반 기업보다 엄격할지도 몰라."

으음, 그렇다면 더더욱…….

"더더욱, 학생일 때 바로잡아야 한다, 그렇게 생각하는 표정이네."

"네, 네. 그런 생각이 드네요. 죄송합니다."

"괜찮아. 시모노 생각이 맞으니까. 미용 전문학교가 목적으로 삼는 건 국가 자격의 취득뿐만이 아니라 취직 보조도 있지. 미용사로서는 지망생이라 해도 사회인으로서는 어엿한 한 사람으로 만들어서 학생들을 내보낼 의무가 있거든. 취직하게 될 미용실하고 학교는 서로 주고받는 관계니까. 미용실에 대한 학교 측의 최소한의 책임이지."

"뭐, 행동거지가 불량한 학생들만 있으면 그 학교는 믿을 수 없다면서 평판이 안 좋아질 테니까요."

"그래. 시모노는 고등학생이면서도 이해가 빠르구나. 감탄했어."

"아, 아뇨, 그렇지는 않은데요."

칭찬해주셔서 감사하긴 한데, 알맹이는 사회인이에요. 치트 같은 짓을 해서 죄송하네요.

"그래서 나는 전교 학생에게 모두 아야카라고 부르게 하고 있어. 자기소개를 할 때 모두에게 그렇게 말하고 있거든."

"전교 학생에게요?!"

"그래. 아무리 성실하고 예의를 중시하는 애에게도 말이야."

이런, 이해가 안 되네. 과장님하고 비슷한 줄 알았는데, 방금 아야카 씨가 한 말은 과장님에게서는 절대로 나오지 않을 발상이다.

"죄송한데 지금 이야기의 흐름이 전혀 이어지지 않는 것 같거든요."

"우후후후, 그야 그렇지. 심술궂게 말해버렸구나, 미안해. 예전 이야기를 좀 해도 될까? 그러면 내가 무슨 말을 하는 건지 조금이나마 이해할 수 있을지도 몰라."

"네, 꼭 좀 부탁드릴게요."

"비와도 아야카의 과거 이야기 듣고 싶어."

"고마워. 내가 이 학교의 교사가 되기 전에 실무자로서 미용실에서 일했다는 이야기는 좀 전에 했었지?"

"네."

20대 후반까지는 미용사로서 일하며 톱 스타일리스트로서 활약했다고 들었다.

"그때 나는 말이지, 후배들로부터 도깨비 카미조 씨라고 불렸어."

마치 지금 과장님 같네. 아니, 미래의 과장님인가?

"토우카가 태어난 뒤에도 일을 열심히 할 생각이었던 나는 미용사라는 직업에 긍지를 가지고 진지하게 임하고 있었어. 그건 다음 세대들을 육성할 때도 마찬가지였고. 물론 부조리한 짓은 하지 않았어. 그저 후배들도 어엿하게 제 몫을 할 수 있게끔 자랐으면 해서 최대한 지도해주려고 했을 뿐이야."

이해가 된다. 과장님도 항상 매우 엄하게 지도해줬지만, 부조리한 말을 한 기억은 전혀 없다. 고등학생으로 돌아온 뒤로는 부조리한 말만 한 것 같지만 말이지!

"어느 해에 말이지, 신입 애가 두 명 들어왔어."

아야카 씨는 마시던 컵 가장자리를 손가락으로 문지르며 말했다.

"성격이 정반대인 애들이었거든. 한 명은 정말 성실하고 예의 바른 애. 영업이 끝난 뒤에도 꼭 남아서 샴푸나 컬러 연습을 했지."

과장님 타입이네.

"다른 한 명은 화려한 애였거든. 손님이나 선배 스탭들에게도 반말을 해버리거나, 연습보다는 사생활을 더 우선시하는 애였어."

이쪽은 나오나 비와코 선배 타입이네.

"처음에는 두 명 모두 엄하게 지도했어. 특히 말투에 대해서는 잔소리를 많이 했지. 좀 전에 부조리한 짓을 하지 않았다고 했었는데, 나도 결국은 미숙한 사람이라서 말이야. 내 말을 듣지 않는 화려한 애하고 비교하면 성실한 애 쪽을 편애하는 식으로 되어버릴 수밖에 없었거든. 특히 연습 같은 건 성실한 애 쪽에 거의 붙어서 봐줬고, 화려한 애 쪽은 다른 스탭들에게 맡기기만 했어."

"그야 성실한 쪽을 귀여워하는 게 보통 아닌가? 비와도 그렇게 할 것 같은데."

아니, 당신은 화려한 쪽 사람이잖아.

뭐, 그래도 비와코 선배 말대로 딱히 그렇게까지 어두운 표정을 지으면서 말할 내용은 아닌 것 같다. 누구나 그렇게 될 것이다.

"사콘지는 착하구나. 감싸줘서 고마워. 솔직히 나도 그때는 편애를 하고 있다는 자각을 하면서도 올바른 일이라고 생각했었어. 그런 나날이 1년 정도 이어지던 어느 날, 내가 일하다가 쓰러져버렸거든."

"어? 괜찮으셨나요?!"

내가 놀라서 묻자 아야카 씨는 방긋 웃었다.

"그래, 그냥 과로였으니까 괜찮아. 쓰러질 때 관자놀이를 베

여버려서 휴양도 할 겸 1주일 정도 입원하게 되었지."

아야카 씨는 옆머리를 슬쩍 들어 올려서 관자놀이를 보여주었다. 상처 자국이 희미하게 남아있었다.

"그래서 입원 중에 말이야, 제일 먼저 병문안을 와준 애가 있었어."

"편애하던 성실한 애인가요?"

"아니, 화려한 쪽."

"……왠지 의외네요."

"그러게, 나도 놀랐어. 솔직히 미움받고 있을 줄 알았으니까. 하지만 그녀가 병실에 들어와서 기운 넘치게 말했거든. '철인 같던 카미조 씨도 쓰러지시네요! 너무 무리하면 안 돼요~'라고. 나는 왠지 우스워서 웃어버렸어. 그랬더니 '우와, 카미조 씨가 웃는 건 처음 봤네'라고 하길래, 웃음이 멈추지 않더라고."

평소에 무서운 사람이 웃는 걸 보고 놀라는 건 나도 짐작되는 게 있는데, 놀라면서도 약간 안심이 된단 말이지.

"그런 다음에 그녀하고 이것저것 이야기를 했어. 솔직하게 내가 무섭지 않아? 싫지 않았어? 라고도 물어봤지."

"우와~, 아야카, 지독한 질문을 했네~."

비와코 선배가 싱글싱글 웃으며 말했다.

"왠지 그때는 신이 났거든."

신이 나서 그런 질문을 하는 것도 꽤 이상한 것 같지만 말이지!

"그 애가 뭐라고 대답했나요?"

"'자기가 잘못한 걸 혼내준 것뿐이니까 무섭다고 생각한 적은 없었다'라고 했지. 나는 자각하고 있다면 고치라고 태클을 걸었고. 결국 그 애는 퇴원할 때까지 날마다 병원에 와줬어. 뭔가 필요한 건 없냐거나 오늘 영업은 이런 느낌이었다거나, 그런 이야기를 해줬지. 연습보다 사생활을 더 우선시하던 애가 그때 가장 우선시해준 건 내 병문안이었던 거야."

자신에게 솔직하게 사는 사람이었던 것 같다. 아마 아야카 씨의 병문안을 간 것도 누군가가 시켰다거나 자신의 평가를 올리기 위해서가 아니라 그 사람이 하고 싶은 일이기 때문이었겠지. 이야기를 듣다 보니 이유는 그것뿐일 거라는 생각이 들었다.

"그리고 그와 동시에, 내가 항상 지도해줬던 성실한 애는 병실에 한 번도 오지 않았어. 필사적으로 연습하고 있을 것 같아서 말이지, 퇴원하기 전날에 화려한 애에게 그 애는 어떻게 지내고 있냐고 물어봤어. 그랬더니 어제 가게를 그만뒀다는 거야. 너무 갑작스럽고 혼란스러워하면서도 이유를 물어봤는데, 그 애에게도 아무런 말도 없이 그만둔 모양이라서 말이지, 모른다고 했어. 나는 퇴원하고 나서 바로 그녀 집으로 갔어. 항상 몸단장을 예쁘게 하고 있던 그녀가 푸석푸석한 머리카락에 잠옷 차림으로 나를 맞이해줬어. 나는 바로 어째서 가게를 그만뒀냐고 물어봤지. 그랬더니 그녀가 나를 노려보면서 이렇게 말한 거야."

'카미조 씨하고 일하고 싶지 않아요.'

컵을 문지르고 있던 그녀의 손이 멈췄다.

"손을 떨면서 '카미조 씨가 입원했을 때, 안심했어요. 속이 시원했어요. 카미조 씨가 있으면 숨이 막힌다고요', 그렇게 말한 그녀의 표정은 정말 괴로워 보였어. 그래도 그녀는 나를 보면서 계속 말했지. '사실은 저도 일이 끝난 뒤에 연습 같은 거 안 하고 집에 가서 쉬고 싶었어요. 아침 연습 때문에 일찍 일어나고 싶지 않아요. 좀 더 느긋하게 일하고 싶어요. 저는 성실한 게 아니라고요. 카미조 씨가 다시 가게로 돌아온다고 생각하니 너무나도 싫어서 그만둔 거예요'……, 그녀는 그렇게 말한 다음에 지친 듯이 그대로 현관문을 닫았어."

아야카 씨는 쓸쓸한 듯이 계속 말했다.

"가게로 돌아와서 말이지, 점장에게 들었어. 그녀는 자기 자신이 싫어져서 가게를 그만둔다고 했대."

"자기 자신이 싫어졌다……, 아야카 씨가 없어지자 안심해버린 자기 자신이……, 말인가요?"

상사가 현장에 없어서 안심한다. 나 같은 경우에는 과장님의 기분이 안 좋을 때는 일부러 외근을 나갈 정도였고, 사회인이라면 누구나 한 번쯤은 생각해봤을 일일 것이다. 그렇게 진지하게 자신을 책망할 필요는 없다. 하지만 그런 생각을 하는 자기 자신을 처음으로 눈치채버린 그녀는 뭔가 계속 팽팽하게 늘어나 있던 실이 끊어져 버린 건지도 모르겠다.

"결국, 그 애는 성실한 거야. 성실한 애일수록 약하고 섬세하지. 그 사실을 눈치채지 못하고 나는 그녀의 성실함에 응석을 부리고 있었어. 그녀의 성실함을 더욱 꽁꽁 묶어버렸어. ……그래서 나도 금방 가게를 그만뒀고."

"그래서 교사가 되었다는 거군요."

"그래. 성실한 사람일수록 손해를 본다는 말을 자주 하잖아? 그렇지 않아. 내게 편애를 받지 못한 화려한 애도 손해를 많이 봤겠지? 그래도 말이야, 성실한 애는 숨을 돌릴 줄을 몰라. 다른 사람들보다 몇 배나 더 노력한 만큼, 보답받지 못했을 때 낙차나 부조리함에 절망해버리는 거지. 그게 더더욱 족쇄가 되어서 자신을 괴롭히는 거야. 그래서 손해에 대해서 그야말로 성실하게 마주해버리는 거야. 그리고 사회에는 그렇게 성실한 애들의 노력을 파고들어서 형편 좋게 이용하는 시스템이 짜여 있지. 나는 그 시스템에 물든 글러 먹은 어른이었어. ……상사 실격이야."

성실했던 그 사람에게 있어서 아야카 씨와 만난 건 그저 계기에 불과했을 것이다. 그 일이 없었더라도 언젠가 그녀는 사회의 부조리함과 자신의 성실함에 짓눌렸을지도 모른다.

"그래서 학생일 때는 너무 성실해지지 않게끔, 학생들하고 가까운 거리감으로 대하고 계신 거네요."

"물론, 사회에 나가면 그런 거리감이 통하지 않는다는 건 마찬가지지만 말이지. 그래도 젊을 때 다른 사람들과 다양한 방식으로 엮이는 법을 경험해두면서 자기가 스스로 빠져나갈 곳을 마련해둘 수 있는 사람이 되어줬으면 해. 인생은 일만이 전부는 아니거든. 그 때문에 불행해져 버린다면 주객전도잖아? 너무 성실하면 그 사실을 눈치채기가 힘들거든. 자신을 소중하게 여길

수가 없어. 그래서 나는 자신을 소중하게 여길 수 있는 사람이
될 수 있게끔, 아이들이 불성실함도 배웠으면 해. 그게 내가 할
수 있는, 성실했던 그 애에 대한 속죄니까."

"아야카 씨……."

"응, 응, 비와도 아야카 말이 맞는 것 같아~."

진짜로 이해한 거 맞나? 이 갸루. 그런 생각이 들긴 했지만,
이 사람은 의외로 머리가 좋으니 이해하고 있을지도 모르겠다.
나는 어떨까. 이해한 것 같긴 하지만, 정말로 그런 것 같기만 할
지도 모른다.

진짜로 이해했다면 과장님의 마음도 이해할 테니까.

과장님은 성실하다.

성실하고 섬세한 것이다.

나는 그 사실을 눈치채지 못했다.

아니, 눈치챘으면서도 강한 사람이니까, 하며 응석을 부렸을
지도 모르겠다.

나는 과장님에 대해 좀 더 이해해야만 한다.

"과장님……이 아니라, 토우카 선배의 멘탈이 약하다는 건 그
런 뜻이었군요."

"그 애는 특히 겁이 많으니까. 무언가에 대해 엄격한 잣대를
들이대면서 자기 자신을 제일 몰아세우고 있으니까 풀 죽을 만
한 일이 생겼을 때 도망치는 방법을 모르거든. 정말, 이상한 구
석만 나를 닮아버렸지."

"그럼 아야카 씨도 정말 섬세하신 분이라는 뜻이네요."

"어머, 시모노, 아줌마를 꼬시는 거니?"

"그, 그럴 리가요!"

역시 어머님. 과장님보다 한 수 위인 것 같다.

"그럼 토우카는 뭔가 풀 죽을 만한 일이 생겨서 당황하고 있다는 거구나~. 풀 죽을 만한 일이라~, 나나노스케, 짐작 가는 거 없어?"

"있다면 여기 안 왔겠죠."

믿음직스럽지 못한 우리 대신 아야카 씨가 대답했다.

"연애 문제일 것 같아."

"연애? 토우카가?"

비와코 선배가 그럴 리가 있냐는 듯한 표정으로 고개를 갸웃거렸다.

"그치? 시모노."

"아, 아뇨……, 저한테 물어보셔도……."

연애……, 역시 과장님은 문화제 날에 내게 고백하려고 했던 걸까……. 하지만 자기가 포기해놓고 풀 죽었다는 건 심리적으로 따져도 앞뒤가 안 맞는다. 그럼 고백을 그만둔 이유, 옥상에 오지 못했던 원인이 따로 있고, 과장님은 그것 때문에 풀 죽은 거다.

"모르겠지?"

아야카 씨가 문득 내 눈을 보며 말했다.

"네……, 모르겠네요."

"당연하지. 그런 걸 간단히 알아낼 수 있다면 연애 때문에 고민하는 사람이 이 세상에 있을 리가 없으니까. 아무리 나이를 먹고 어른이 되더라도 이런 것만큼은 그리 간단히 공략할 수 있는 게 아니야."

"연애 문제로 고민한다는 게 이미 전제군요."

"그래, 그건 단언할 수 있어. 어째서 그렇게 딱 잘라 말할 수 있는 거냐는 표정이네. 단순하지, 내가 그 애 엄마이기 때문이랍니다."

더할 나위 없는 설득력이다.

"으~, 토우카가 연애 때문에 고민하는 거라면 비와는 더더욱 어떻게 해야 할지 모르겠는데."

"사콘지, 딱히 그걸 파헤칠 필요는 없단다. 그 애가 멋대로 고민하는 거니까 스스로 해결하게 두면 되는 거야. 하지만, 너희가 토우카에게 뭔가 해주고 싶다는 생각이 있다면, 여기에 초대해주렴."

아야카 씨는 그렇게 말한 다음, 가방에서 전단지를 한 장 꺼내 테이블에 올려놓았다.

나는 거기에 적힌 글자를 읽었다.

"크리스마스 파티?"

"그래. 우리 학생들이 해마다 주최하는 크리스마스 파티야. 회장을 빌려서 꽤 큰 규모로 하거든."

"왠지 과장님이 껄끄러워할 것 같은 이벤트네요."

"그러니까 그렇지. 좀 전에도 말했지만, 그 애는 너무 성실하니까 조금이나마 불성실한 걸 배워야만 해. 흥겹게 놀면서 기운을 차리게 해주렴. 물론, 너무 흥겨운 나머지 음주 같은 걸 하면 안 되지만."

"크리스마스 파티, 재미있겠다~! 비와는 좋은데, 토우카가 오려나~?"

"내가 말해봤자 가지 않겠지만, 사콘지가 가자고 하면 반드시 갈 거야."

"어~? 그런가~?"

"그래. 왜냐하면 토우카는 사콘지를 정말 좋아하니까."

"잠깐만, 어? 정말~, 어쩔 수 없네~, 에헤헤~."

알아보기 쉽게 쑥스러워하지 말라고. 그래도 사콘지 선배가 가자고 하면 과장님도 와줄 것 같긴 하다.

"아야카 씨, 다른 사람도 몇 명 불러도 되나요?"

이왕 가는 거면 나오 같은 사람들도 있는 게 과장님도 기뻐하지 않을까.

"물론이지. 사실은 티켓이 필요하긴 하지만, 내가 주최자 학생에게 이야기를 해둘게."

"감사합니다."

"무슨 말을 하는 거니? 내가 부탁하는 건데, 고맙다고 인사해야 할 사람은 나란다. 고마워, 둘 다."

아야카 씨가 살며시 웃었다. 그 미소가 왠지 정겨워서, 나는 누군가를 겹쳐보며 이렇게 생각했다.

역시 그녀는 웃어줬으면 좋겠다고.

제4장 ┃ 젊은이들은 겨울 준비를 시작한다

Why is
my strict
boss
melted
by
me?

찾아온 12월 24일.

이벤트는 오후 5시부터 시작되기 때문에 나는 그보다 약간 이른 시간에 오니키치와 함께 회장으로 향하고 있었다.

"나나찌, 의외로 정장이 잘 어울리네. 단련한 보람이 있어! 히어 위 머슬!"

"키도 크고 몸매도 좋은 너한테 칭찬받아봤자 비참하기만 하니까 그러지 마."

오니키치의 정장 차림은 마치 평소에도 입고 다니는 것처럼 잘 어울렸다. 역시 미래의 호스트왕이다.

파티에는 일단 드레스 코드가 있는 모양이라 나도 아버지의 정장을 빌려서 입고 왔다. 정장을 입는 것도 반년 정도만인가?

"여자들하고는 현지에서 모이기로 했나?"

"어. 여자들은 주최자인 전문학교 학생분들한테 학교에서 헤어메이크를 받고 온대."

"오~! 그거 기대되는데!"

아야카 씨와 이야기를 나눈 다음, 비와코 선배는 말을 걸었던 여학생 두 명과 연락처를 교환해 그 뒤로 연락을 주고받았던 모양이었다.

그 때문인지 요즘 비와코 선배는 헤어 어레인지에 푹 빠져서 졸업한 뒤에는 야마부세 미용 전문학교에 가고 싶다는 말을 하게 되었다. 원래 그런 사람이니까 그냥 잠깐 하는 말일지도 모르겠지만, 생각해보니 비와코 선배만은 나중에 뭘 하게 되는지 모르니까, 의외로 미용사가 되어버릴 가능성도 부정할 수가 없다. 잘 어울릴 것 같긴 한데.

"그건 그렇고 춥네. 이제 완전히 겨울이야."

나는 정장 위에 걸친 코트 주머니에 손을 집어넣고 하얀 입김을 토해내며 한탄했다.

"일기 예보에서는 오늘 밤에 눈이 내린다고 했으니까. 신이 나는데!"

"화이트 크리스마스라는 건가?"

아니, 24일에 눈이 내리는 건 화이트 크리스마스이브인가? 자세한 건 잘 모르겠다. 나중에 검색해 봐야지.

"과장님에게 좋은 크리스마스가 되면 좋겠는데."

나는 어두워지기 시작한 하늘을 올려다보며 중얼거렸다. 아직 눈이 내릴 낌새는 보이지 않았다.

"나나찌는 역시, 아직 토우카를 좋아하는 거야?"

"그건……. 응, 좋아해. 쑥스러워서 숨기는 것도 남자답지 못한 거겠지. 나는 과장님을 좋아해."

"그렇구나……. 나나찌도 이런저런 생각이 있겠지만, 나는 어떤 나나찌라도 같은 편이 되어줄 테니까!"

"그, 그래, 고마워."

그렇게 심각한 표정으로 할 말인가?

아무튼, 오늘은 과장님이 기운을 되찾았으면 좋겠다. 그리고 제정신도 되찾았으면 좋겠다.

회장인 이벤트 홀에 도착하자 머리카락이 녹색인 접수처 담당 남자가 우리에게 말을 걸었다.

"안녕하세요~. 티켓 가지고 계신가요~?"

"아, 죄송합니다. 저희는 티켓이 없고, 카미조 선생님 소개로 왔는데요."

"아, 아야카 말이지! 들었어, 들었어, 여자애들이 먼저 왔으니까 안쪽에 있을 거야."

"감사합니다."

"그런 미소녀들이랑 친구라니, 마치 애니 주인공 같잖아. 부럽네~."

머리카락이 녹색인 남자가 귓속말로 그렇게 말했다.

과장님하고 비와코 선배, 뭐, 나오도 미소녀라고 할 수 있겠지. 소꿉친구 필터가 없다면 미소녀이긴 하니까. 다른 사람이 보기에는 질투가 날 정도로 미소녀들만 모이긴 했네.

하지만 알맹이를 알고 나면 평가도 바뀌는 법이다.

나는 그런 생각을 하며 오니키치와 함께 회장 안쪽으로 들어갔다.

회장 한가운데에는 큼직한 크리스마스 트리가 놓여 있었다. 반짝반짝, 화려한 전구가 장식되어 있다. 손이 많이 간 이벤트구나.

"앗, 나나노스케! 이쪽이야, 이쪽."

크리스마스 트리에 정신이 팔려 있자니 귀에 익은 목소리가 들렸기에 그쪽을 돌아보았다. 자그마한 입식용 원형 테이블에 팔꿈치를 댄 채 금발 미소녀가 내게 손을 흔드는 모습이 보였다. 붉은 드레스에 화려한 업스타일 헤어. 목소리나 말투를 보면 누군지는 분명하지만.

"아니, 누군데."

내 혼잣말을 듣고 오니키치도 놀랐다.

"으음……, 헤어메이크만으로도 비와쵸스가 저렇게까지 바뀌다니……, 미용의 길은 심오하군."

평소의 트윈테일이 임팩트 넘치는 만큼, 갭이 엄청났다. 비와코 선배는 흔드는 쪽 손이 아닌 다른 손으로 테이블 위에 있는 접시에서 간식을 집어먹고 있었다. 마구 먹어대는 모습에 화려한 드레스의 분위기가 죽어버린다.

우리가 곧바로 테이블로 다가가자 비와코 선배 뒤에 푸른 드레스를 입은 여자가 살짝 보였다. 나는 그쪽을 슬쩍 들여다보았다.

"고생 많으시네요."

"칫, 속았네."

그렇게 말하며 푸른 드레스를 입은 과장님이 뛰어가려 하자 비와코 선배가 곧바로 팔을 잡고 막았다.

"자, 자, 도망치지 마."

"이런 말 못 들었어! 남자가 온다는 말은 못 들었어! 비와코는 말 안 했어!"

"그랬나? 뭐, 상관없잖아~."

남자, 아니 내가 온다고 하면 지금처럼 도망치려 했을 테니까. 이건 나와 비와코 선배가 미리 짜둔 것이다.

그건 그렇고 드레스 입은 과장님, 너무 귀엽잖아, 크윽~!

진짜로 여고생인가 싶을 정도로 섹시하고 아름답다.

실제로 주위 남자들이 모두 이쪽을 보고 있다. 아마 거의 다 전문학교 학생일 테니까 연상투성이인 것이다. 이런 분위기에 익숙한 어른스러운 남자가 꼬시려 하지 않을지 걱정되는데. 하지만 정신연령이라면 내가 더 높아! 그리 간단히 과장님을 꼬시게 두진 않을 테니까! 시모노 시큐리티가 지키고 있다고!

그렇게 각오를 다지고 있는 내게서 필사적으로 도망치려고 하는 건 정작 본인이니⋯⋯, 씁쓸하다.

필사적으로 도망치려 하는 과장님을 여유롭게 붙잡고 있던 비와코 선배에게 말을 걸었다.

"그러고 보니까, 나오는 아직 안 왔나요?"

"나오퐁네는 헤어메이크를 해준 사람이 다른 그룹이었으니까, 따로 나뉘었어. 슬슬 오지 않을까?"

"그런가요."

"나나찌, 저쪽에 카운터가 있는 것 같으니까 우리도 음료수를 가지고 오자."

오니키치가 회장에 설치되어 있는 바 카운터를 손가락으로 가리키며 말했다.

"그래, 그럴까."

그렇게 둘이서 움직이려던 참에 나는 문득 위화감이 들어서 고개를 갸웃거렸다.

나오퐁, 네?

비와코 선배가 방금 그렇게 말했지? 나오퐁네, 그렇다면 나오 말고도 누군가…….

"어이~, 기다렸지~?"

마침 그때 노란색 드레스를 입고 평소와 별로 다를 게 없는 나오가 다가왔다. 평소와 별로 다를 게 없다는 건 실례가 되는 평가일지도 모르겠지만, 비와코 선배의 갭이 엄청났기에 상대적으로 서프라이즈 느낌이 희미해진 것이다. 뭐, 소꿉친구 필터도 있으니 관대하게 봐줬으면 좋겠다.

그런 것보다, 다른 쪽 서프라이즈가 내 머리를 아프게 만들었다.

하얀 드레스가 아직 조금 어색할 정도로 앳된 소녀가 나오 옆에 있었다.

"휴~, 이런 걸 입어본 적이 별로 없어서 시간이 의외로 오래 걸렸네요. 죄송해요."

그녀는 테이블에 도착하자마자 그렇게 말하며 우리 쪽을 보았다.

"아! 시모노 선배, 타도코로 선배, 안녕하세요!"

"오……, 오구리."

"얼마 전에 만나고 또 뵙네요, 시모노 선배."

오구리는 방긋 웃었다.

왜 오구리가 와 있는 거지……, 생각해 보니 답은 간단했다. 비와코 선배가 불렀으니까.

그렇죠? 그런 의미를 담아서 비와코 선배의 얼굴을 보았다.

찡긋.

윙크는 왜 하는데!

무슨 생각으로 오구리를 부른 건지. 또 이야기가 복잡해질 것 같은 사람을…….

덜컹덜컹———.

갑자기 테이블이 흔들리는 소리가 주위에 울렸다. 그 소리의 근원이 비와코 선배 뒤에서 테이블에 몸을 기대며 새파랗게 질린 채 오구리를 보았다.

그걸 눈치챈 오구리가 천천히 입을 열었다.

"어머, 계셨군요, 카미조 과……, 아, 아뇨, 카미조 선배."

좀 전과는 전혀 다르게 수상쩍은 미소를 보이는 오구리.

아니, 방금 일부러 카미조 과장님이라고 부르려 하지 않았나? 부탁이니까 쓸데없는 짓은 하지 말라고…….

하지만 그런 내 소원이 이루어질 리가 없었고, 왠지 모르겠지만 오구리는 과장님에게 끈질기게 말을 걸었다.

"카미조 선배, 정말 예쁘시네요. 역시 이 근처에서는 모두가 다 아는 미인이세요. 여기 있는 전문학교 오빠들이 그냥 내버려 두지 않을 것 같은데요?"

"으으…….."

과장님은 나오에게 달라붙어서 몸을 움츠렸다.

"왜 그래? 과장님~."

그런 과장님에게 오구리가 한 발짝 다가갔다.

"모처럼 오셨으니 이번 기회에 만드시는 게 어때요? 남자친구."

"크으으윽! 필요 없어! 남자친구 같은 건 필요 없어!"

"후후후, 그러신가요? 카미조 선배가 그렇게 말하신다면 어쩔수 없겠네요. 뭐, 카미조 선배라면 그런 게 없더라도 능력 있는 회사원이 되어서 혼자서 살아갈 수 있을 테니까요. 그렇죠~? 시모노 선배."

그렇게 말하며 내 팔에 달라붙는 오구리.

"아으으으으."

나오 옆에서 과장님이 눈을 뒤집고 있었다.

"오~! 오~! 둘 다 러브러브한 느낌인데!"

분위기 파악 좀 해, 금발! 아무리 봐도 팽팽한 분위기잖아!

애초에 오구리는 왜 이렇게 과장님에게 도발적인 거지? 그리고, 은근슬쩍 팔짱을 끼지 마.

"오구리, 좀 떨어져. 오니키치, 음료수 가지러 가자."

"그래, 그러게. 미안해, 오구찌, 나나찌 좀 빌려 갈게."

나는 불만스러운 것 같은 오구리의 팔을 뿌리치고 일단 오니키치와 함께 그곳을 떠났다.

"나나찌, 재주 좋게 도망쳤구나."

"그런 상황이니 도망치고 싶어질 만도 하지."

카운터에 도착해서 바텐더분에게 우롱차와 진저에일을 각각 주문했다.

음료수를 받아서 한 모금 마신 다음, 나는 한숨을 크게 쉬었다.

"왠지 과장님도 그렇고, 오구리도 문화제 날부터 이상해져서, 나는 이제 어떻게 해야 할지 모르겠어."

"아하하, 뭐, 나나찌도 힘들겠구나."

……역시 오니키치도 이상하네. 껄끄러워한다고 해야 하나, 내게 뭔가 신경 써주고 있는 느낌이 든다.

"저번에도 말한 건데, 오니키치도 내게 뭔가 숨기고 있는 거 아니야?"

"그, 그건……, 음~, 그래, 우리 사이에 숨기는 게 있으면 안 되겠지! 미안해, 나나찌, 사실 우리, 나나찌하고 오구찌가 사귄 다는 거, 이미 알고 있거든."

"뭐?!"

"지금까지 모르는 척해서 미안해!"

"나하고 오구리가 사귄다고?!"

"나나찌도 타이밍을 보다가 알아서 말할 생각이었지? 나도 안 다고! 히어 위!"

"아니, 아니, 잠깐만 기다려봐, 오니키치. 아니, 우리라고 했지? 또 누가 그렇게 생각하고 있는 건데?"

"나하고 나오하고 비와쵸스. 그리고……, 토우카도……, 그렇 겠네."

"과장님도?!"

"비와쵸스가 말해버렸거든. 나랑 나오가 말리려고 했는데 말 이지. 아마 토우카가 이상해진 원인도 그거인 것 같아."

잠깐, 잠깐, 잠깐.

머릿속이 정리가 안 된다.

나하고 오구리가 사귄다고?

그리고 그 사실이 과장님 귀에 들어갔다고?!

"오니키치, 냉정하게 들어줘……, 나하고 오구리는────."

내가 오니키치에게 진실을 말하려 한 순간, 갑자기 회장의 조명이 꺼지고 주위가 어두워졌다. 그와 동시에 크리스마스 송이 흘러나오기 시작했다.

『메리 크리스마스! 올해도 다 같이 즐겨봅시다!』

정면 쪽의 무대에 스포트라이트가 비쳤고, 마이크를 든 사회자로 보이는 남자가 파티 개회 선언을 하자 회장에서 환호성이 울려 퍼졌다.

나도 일단 오니키치와 대화를 멈추고 무대를 주시했다. 어둠 속에서 뭔가 기척이 느껴지더니, 가슴 근처에 작고 부드러운 것이 달라붙는 느낌이 들었다.

뭔가 싶어서 아래쪽을 보자 바로 조명이 켜지며 회장이 밝아졌다.

눈에 보인 것을 확인하기도 전에 주위에서 소리가 들렸다.

대강 짐작을 한 나는 내 눈으로 직접 나를 끌어안고 있는 사람을 확인했다.

"오, 오구리……, 뭐 하는 거야?"

자그마한 몸을 딱 붙인 채 내게 몸을 기대고 있는 오구리. 그녀에게서 느껴지는 체온이 정장을 타고 내 심박수를 상승시켰다.

회장의 시선이 내게 쏠려 있었다. 오~ 하고 감탄하는 목소리가 울렸기에 내 얼굴은 더더욱 빨갛게 물들었다.

"시모노 선배~. 요즘 만날 수가 없어서 쓸쓸했어요~."

언제부터 이렇게 대담한 짓을 하는 애가 된 거야……!

"오구리, 다들 보고 있으니까 떨어져."

"싫어요. 시모노 선배는 제가 싫으신가요?"

"그러니까, 그건, 저번에……."

"저는 좋아하는데요오."

오구리의 얼굴이 내게 다가왔다. 어, 어째서 이렇게 요염해 보이는 거지?

"있죠, 시모노 선배. 저만을 봐주세요."

그녀의 자그맣고 부드러워 보이는 입술이 조금씩, 천천히, 대담하게 다가오고 있다.

"어, 잠깐만, 오구리?"

"응……."

가녀린 팔이 내 허리를 힘껏 붙들었고, 발돋움한 오구리의 몸이 묵직하게 내 몸에 얹혔다.

아니, 아무리 그래도 이건 안 되지…….

"아~! 오구오구, 여기 있었네! 이놈~, 이런 곳에서 무슨 파렴치한 짓을 하는 거야~! 비와는 야한 걸 용납하지 못한다고~!"

위험한 상황에 달려와 준 비와코 선배가 오구리의 등을 붙잡고 결정적인 순간을 막아냈다. 비와코 선배 뒤에는 과장님의 손을 잡고 있던 나오도 있었다. 그 나오가 말했다.

"오구오구, 브랜디가 든 초코 브라우니를 먹고 취해버렸어~."

술이 얼마나 약한 건데!

당신, 일단 실제 나이는 스물다섯 살이잖아! 회사 회식 같은 건 대체 어떻게 했는데?!

취했다는 오구리는 비와코 선배가 잡아당기는데도 좀처럼 떨어지려 하지 않았다.

응, 아니, 아프다고. 달라붙은 내 허리에 부담이 심하다고.

이제 곧 떨어져 나갈 것 같은 상황에서 필사적으로 힘을 쥐어 짜 낸 그녀의 입술이 내게 닿았다.

하지만———, 기세 때문에 조준이 빗나간 건지, 오구리의 입술이 닿은 곳은 아슬아슬하게 콧등이었다.

포기한 듯한 오구리의 힘이 단숨에 빠져나갔다.

비와코 선배에게 붙잡혀서 끌려가는 순간, 그녀는 작은 목소리로 내게 속삭였다.

"저, 안 취했어요."

나는 여러 가지 감정이 머릿속에서 뒤섞여 그 자리에 쓰러질 뻔했다.

그런데 나보다 먼저 기절해버린 여자가 한 명 있었다.

아슬아슬하게 나오의 거유가 쿠션이 되었다.

"과장님~, 괜찮아?!"

눈이 뒤집힌 그녀가 나오의 커다란 가슴에 얼굴을 묻고 작은 목소리로 중얼거렸다.

"아, 귀여운 천사가 잔뜩 있어. 오늘은 성스러운 크리스마스구나."

"과장님~!"

성스럽긴커녕, 사상 최악의 크리스마스라고.

◆

우리 일행은 허무한 표정을 짓던 과장님을 다 같이 돌보며 테이블로 돌아왔다. 방금 그 소동으로 인해 주위에 있는 전문학생들이 우리를 주목하며 차례차례 말을 걸기 시작했다.

비와코 선배와 나오는 특기인 커뮤니케이션 스킬로 연상 언니들과 즐겁게 수다를 떨고 있고, 과장님 주위에도 아야카 씨의 딸을 한번 보고 싶다는 학생들이 몰려들었다.

사교의 장이니까 인생의 선배들과 교류한다는 건 매우 멋진 일이겠지만, 이렇게 사람들이 많이 몰려드니 우리끼리 이야기를 할 수가 없다.

이런 상황은 별로 마음에 들지 않는다.

나는 한시라도 빨리 좀 전에 들었던 오니키치의 충격적인 발언이 사실인지 확인하고 싶다.

대체 뭐가 어떻게 되어서 나와 오구리가 사귄다는 이야기가 돌고 있는 걸까.

하지만 그들 사이에서 그런 이야기가 정말로 퍼지고 있다면 지금까지 있었던 일도 이것저것 앞뒤가 들어맞는다.

나오와 오니키치가 내게 뭔가 숨기는 것처럼 보였던 것도, 비와코 선배가 여기에 오구리를 불러서 의기양양하게 윙크한 것도.

그리고 과장님이 이상해진 것도.

신경 쓰이는 건 그런 경위에 이르게 된 발단이다.

뭐, 솔직히 짐작 가는 건 있다.

나는 전문학생 언니들에게 둘러싸여 있던 오구리를 보았다.

언니들이 볼을 쿡쿡 찌르거나, 케이크를 먹여주고 있어서 참 바쁜 것 같다.

그야 언니들이 보기에는 다섯 살 가까이 연하인 귀여운 여자 애니까. 동물 체험 광장에서 토끼나 햄스터와 놀고 있는 감각일 것이다.

하지만 그녀의 알맹이는 다섯 살 정도 연상인 어른이다.

언니들보다 언니인 것이다.

그리고 그런 사실에 가장 당혹스러워하고 있는 건 나 자신이었다.

왜냐하면 내가 알고 있던 오구리는 열다섯 살까지의 '우시키 오구리'였으니까.

나는 스물다섯 살인 '우시키 오구리'를 알지 못한다.

다시 말해 거의 다른 사람이나 마찬가지인 것이다.

같은 건물에 있는 관리 회사에 다녔다는 사실은 본인에게 들었다.

그건 즉 이제 그냥 같은 건물에 있는 관리 회사 사원이라는 뜻.

열다섯 살부터 스물다섯 살까지 10년은 인격이 가장 크게 바뀌는 시기 아닌가? 잘은 모르겠지만, 고등학교 졸업과 대학 진학, 그리고 취직으로 이어지는 사회 경험까지.

중학교 시절의 그녀와 동일 인물일 리가 없다.

그렇기 때문에 나는 눈앞에 있는 오구리가 어떤 사람인지 전혀 짐작이 되지 않는다.

단, 한 가지만은 변함없이 내가 알고 있는 오구리가 있다.

나를 좋아해 주는 그녀다.

타임 리프를 한 뒤에도 내게 고백해준 그녀.

그 마음은 열다섯 살 때부터 변하지 않았다.

그런 마음을 알고 있기에 나는 현재의 오구리를 어떻게 대해야 하는지 알 수가 없다.

너는 지금 대체 무슨 생각을 하고 있는 거지?

나와 네가 사귄다는 헛소문을 퍼뜨린 게 너야?

그런 것들을 확인하기 위해서라도 어서 오니키치에게 좀 전에 하던 이야기를 다시 자세히 들어보고 싶은데…….

오니키치도 갸루 계열 학생들에게 둘러싸여 있다. 미용 전문 학교에도 의외로 갸루 계열 사람들이 많은지, 척 보기만 해도 전체의 3할 이상은 차림새나 헤어스타일이 그쪽 계열이었다.

역시 장래 넘버원 호스트라 그런지 학생분들하고도 나이 차이가 느껴지지 않을 정도로 자연스럽게 이야기를 나누고 있다. 저 안에 파고들어서 오니키치에게 말을 걸 만한 스킬은 없다. 영업 스킬이 좀 더 있었으면 좋겠는데.

지금까지 내 친구들이 얼마나 사람들을 끌어들이는 매력이 있는지 말해왔는데, 그렇다. 이제 눈치챘겠지.

내게 말을 거는 사람은 아무도 없다.

미스디렉션이라는 기술을 알고 있나? 마술 같은 것에서 쓰는 테크닉인데, 모르는 사람은 꼭 좀 검색해 보길 바란다.

물론, 내게 그런 능력은 없다. 하지만 아무래도 자연스럽게 미스디렉션 오라를 뿜어내고 있는 모양이다.

간단히 말하자면 존재감이 희박하다고!

지금, 내가 얼마나 껄끄러운 상황인지 알아?

모두가 시끌시끌 떠들고 있는 와중에 혼자서 멍하니 우롱차를 들고 서 있다고!

딱히 목이 마르지도 않은데 잔에 자꾸 입을 가져다 대면서 홀짝홀짝, 우롱차를 마시고 있다고!

맛 같은 것도 모르겠네!

이 상태는 언제 끝나는 거야. 얼른 끝내주라고…….

그런 내 소원이 통한 건지, 회장의 BGM이 '징글벨'에서 머라이어 캐리의 'All I Want for Christmas Is You'로 바뀌었고, 마이크를 통해 사회자의 목소리가 울려 퍼졌다.

"자, 자~! 여러분, 기다리고 기다리시던! 빙고 대회를 시작하겠습니다~!"

"좋았어어어어어어어어어어! 빙고 대회 최고오오오오오오오오오!"

한순간 주위가 조용해지며, 회장의 시선이 내게 쏠렸다.

이런, 고독에서 해방된 게 너무 기뻐서 무심코 저질러버렸네.

하지만 이곳 학생들은 다들 착한 모양인지.

"우오오오오오오오! 빙고 대회다아아아아아!"

그렇게 어떤 남자 한 명이 내게 맞장구를 쳐주자 주위 사람들도 차례차례 목소리를 내며 분위기를 띄우기 시작했다.

그렇게 크리스마스 빙고 대회가 시작되었다.

입장할 때 받았던 카드를 주머니에서 꺼내 한가운데 칸을 뚫었다.

"이예이, 이예이~! 빙고하자고~!"

이벤트가 시작되어서 사람들이 흩어진 덕분인지, 오니키치가 자유로워진 모양이라 내게 다가와서 그렇게 말했다. 이제 나는 혼자가 아니야!

오니키치가 옆으로 다가온 걸 봤는지, 이번에는 오구리가 타박타박 이쪽으로 뛰어왔다.

"경품 당첨되면 좋겠네요, 시모노 선배."

"으, 응……."

어떤 반응을 보여야 할지 모르겠다. 그런 내 모습을 당황이 아니라 쑥스러워하는 걸로 착각한 모양인지 오니키치가 슬쩍 움직여서 오구리가 내 곁으로 올 수 있게끔 자리를 잡았다.

그 표정은 손주를 보는 할아버지처럼 온화한 미소였다. 오니키치도 나름대로 도와주려 한 모양이다. 아, 그러고 보니 여기 오기 전에 오니키치가 내게 과장님을 좋아하는지 물어봤었지? 지금 생각해보니 그건 정말 복잡한 심정으로 한 질문이었겠구나. 오니키치에게 있어서 나는 과장님을 좋아하지만 오구리와 사귀고 있는 몹쓸 남자인 거야. 그럼에도 불구하고 친한 친구를 위해서, 그리고 후배를 위해서 도와주고 있네. 정말 기특한 녀석이다. 역시 오니키치라고. 하지만 지금 그런 도움은 필요 없어!

우리 그룹 중 절반이 뭉치자 나머지 세 명도 합류하기 위해 우리 곁으로 다가왔다. 처음부터 그러라고. 쓸데없이 나를 혼자 두지 말란 말이야.

"누가 제일 먼저 빙고를 완성할지 승부하자고~. 뭐, 당연히 비와가 1등이겠지만 말이야~!"

비와코 선배는 항상 느긋하긴 하지만, 이렇게 껄끄러운 상황에서도 주도권을 잡아주니 정말 도움이 된다.

"잠깐만, 비와코, 1등은 나거든! 이 가슴에는 꿈하고 행운이 잔뜩 담겨 있으니까!"

나오도 평소처럼 자신의 출렁거리는 가슴을 한데 모으며 비와코 선배에게 맞장구를 쳤다. 꿈은 담겨 있을 것 같긴 한데, 행운이 담겨 있다는 표현은 들어본 적이 없네. 그리고 가슴을 한데 모으는 게 평소 행실인 건 소꿉친구로서 부끄럽다고.

"비와도 오구오구보다는 가슴이 큰데."

"네에?! 어째서 갑자기 제 이야기가 나오는 건데요! 애초에 아직 중학생 몸이니까 어쩔 수 없잖아요! 저도 스물다섯 살이 되면 가슴 계곡 정도는 모아서우웁!"

두 가지 의미로 말실수를 해버린 바보 같은 입을 내가 재빨리 손으로 막았다.

"내가 중학교 때 하기 시작한 바스트 업 방법, 오구오구도 같이 하자고 했는데 말이지~. 그때 같이 했다면 로리 거유가 탄생했을지도 모르는데, 아깝네. 천 리 길도 한 걸음부터야, 오구오구."

"우우웁우웁~!"

오구리가 내 손 안에서 엄청나게 따지고 있는 것 같지만, 그렇지 않아도 커플 의혹 때문에 골치 아픈 상황에서 타임 리프 의혹까지 생겨 혼란스러워지는 건 싫었기에 사정없이 그녀의 입을 막았다. 타임 리퍼가 감정이 앞설 때 타임 리프를 했다는 사실을 잊어버리게 된다는 가설은 이미 나와 과장님이 몇 번이나 입증한 바가 있다. 타임 리프 공감거리인 것이다.

"뭐~, 그래도 이럴 때는 토우카가 은근슬쩍 제일 먼저 빙고를 맞춘단 말이지~."

"아~, 그렇긴 하죠. 과장님은 이것저것 가지고 있는 여자니까요~. 그치~, 과장님~?"

좀 전에 넋이 나갔던 상태에서 아직 돌아오지 않은 건지 지금까지 말이 없던 과장님에게 비와코 선배와 나오가 재주도 좋게 화제를 넘겼다. 둘 다 눈치 빠르고 자상한 사람이라니까.

하지만, 정작 본인은 카드를 빤히 바라보며 표정 하나 바뀌지 않은 채 입을 다물고 있었다. 카드 한가운데의 보너스 칸도 아직 뚫지 않았다.

"과장님~, 아직 몸이 안 좋아?"

나오가 걱정스러운 듯이 묻자 과장님이 그제야 고개를 들고 대답했다.

"나오, 나오."

마치 초등학생 같은 목소리로 이름을 부르며 나오를 바라보는 과장님.

"왜 그래? 과장님."

"이거, 어떻게 하는 거야?"

"""""?!"""""

다섯 명이 일제히 과장님을 보았다.

이봐, 이봐, 거짓말이지? 아니, 아무리 그래도 그건 아닌데. 워터파크나 놀이공원에서 놀았던 경험이 전혀 없다는 건 과장님이라면 그럴 수도 있다고 넘어갈 만한 이야기다. 하지만 빙고 게임을 하는 법을 모른다고?

아니, 그건 아니지.

뭐, 백 보 양보해서 고등학교 시절까지는 빙고 게임의 경험이 없을 수도 있겠다.

학생 시절, 공부에만 시간을 투자해서 유명한 연예인 이름이나 얼굴을 모르는 사람이 가끔 텔레비전에 나오니까, 그걸 빙고 게임이라는 것에 대입한다면 과장님도 아슬아슬하게 그럴 수도 있다는 생각이 든다.

하지만 사회인이 된 이후로는 어떨까.

예를 들어 회사의 회식. 특히 망년회처럼 규모가 큰 회식 때는 빙고 게임의 기획 같은 걸 진행하기도 한다. 우리 회사에서 빙고 대회를 했던 적이 있었나? 뭐, 그건 나도 잘 모르겠지만, 결혼식 뒤풀이 같은 때는 어떨까. 과장님도 스물여덟 살이 될 때까지 지인의 결혼식에 몇 번은 참석했을 것이다. 빙고 게임이 딱히 단골 행사인 건 아니지만, 어디서든 진행할 만큼 메이저한

행사인 건 분명하다.

역시 아무리 무뚝뚝한 과장님이라고 해도 오랫동안 살면서 빙고 게임의 경험이 없다는 건 있을 수 없는 일일 것 같은데.

"있을 수 없는 일인데요."

내 마음의 소리에 대답하듯 오구리가 옆에서 말했다.

그리고 내게만 들리는 목소리로 그녀가 속삭였다.

"카미조 과장님, 이거 완전히 저질렀네요."

"저질렀다고……?"

"네, 완전히 저지르려 나섰네요."

"저지르려 나섰다고?!"

아니, 저지른다는 게 뭔데?! 뭘 저지른다는 거야?!

"시모노 선배가 디 오팀 상사에 입사하고 나서 3년 차인 해 7월. 결산이 끝나고 나서 뒷풀이 때 빙고 게임이 개최되었어요. 거기에 카미조 과장님이 참가했다는 건 이미 확인했고요."

"호오~, 그렇구나. 응? 어째서 그런 걸 알고 있는 건데?"

어? 어? 왠지 또 다른 미스터리가 시작된 거 아닌가?

"지금은 카미조 과장님 이야기를 하고 있어요. 쓸데없이 캐묻지 말아주세요. 그저 제가 시모노 선배의 행동을 꼼꼼하게 확인하는 버릇이 있었고, 우연히 같은 술집에 있었던 것뿐이에요."

"쓸데없이가 아니야! 정당하게 캐물은 거라고!"

"다시 말해, 카미조 과장님은 빙고 게임의 존재나 규칙도 알고 있을 텐데요."

"이야기를 억지로 진행시키지 마! 응, 뭐, 그렇다고 치고, 그

111

럼 과장님은 어째서 저런 말을."

"그러니까, 저지른 거라고요."

"그, 저지른 게 뭔지 가르쳐줘!"

내가 태클을 걸자 오구리는 이쪽을 보고 한숨을 쉬었다. 왠지 방금 엄청 상처 입었는데!

"이러니까 남자는……. 저기 말이죠, 저도 들었거든요. 요즘 카미조 과장님의 상태가 이상하다는 이야기요. 그게 언제쯤부터였죠?"

"저번 달 정도쯤이려나."

"다시 말해, 문화제가 끝난 뒤로 약 한 달 뒤라는 거죠. 저는 이제 알았어요. 카미조 과장님이 어떤 사람인지."

"과장님이 어떤 사람인지? 성실하고 꼼꼼한 사람?"

오구리는 다시, 그리고 좀 전보다 한숨을 더 크게 쉬었다. 으으. 가슴에 푹푹 박히네.

"뭐~, 표면상으로는 그럴지도 모르겠네요. 저희 회사에서도 디 오팀 상사의 영업과장은 능력 있는 여자로 유명했으니까요."

"거, 거봐, 맞네."

"표면상으로는, 말이에요!"

무서워! 외모는 귀여운 중학생인데, 이 애, 무서워!

"아시겠어요? 시모노 선배. 카미조 과장님의 본질은 말이죠."

"본질은……?"

"관심종자예요!!"

"관심종자?!"

관심종자라면 그건가? 인정 욕구가 강하고 트위터 같은 곳에 많이 서식하고 있다는 그 관심종자 말이야?

"그 관심종자예요!"

"내 마음을 읽지 말아줘!"

아니, 그래도, 그 과장님이 관심종자라니, 상상도 안 되는데.

"저번에도 말씀드렸죠? 카미조 과장님에게는 숨겨진 얼굴이 있다고. 문화제 때도 시모노 선배를 가지고 놀았다고요. 카미조 과장님은 다른 사람들이 자신을 추켜세워주는 걸 좋아하는 거예요. 그래서 관심을 끄는 행동을 하면서 아슬아슬한 라인을 유지하는 거죠!"

"그, 그렇다고 해도, 요즘 상태가 이상했던 거하고 무슨 상관이 있는 건데?"

"그러니까, 관심종자라고 했잖아요!"

으으으으으, 이 애, 무서워.

"시모노 선배는 옥상에 오지 않았던 이유를 카미조 과장님에게 직접 물어보지 않았죠?"

"그야…… 껄끄러워서 물어볼 수가 없으니까."

"카미조 과장님은 그게 마음에 들지 않았던 거예요. 나나야 군은 어째서 아무것도 물어보지 않는 거지? 이제 내게 흥미가 없나? 그렇게 되면 관심종자는 멈추지 않아요. 싫어, 싫어, 나를 추켜세워주지 않는 건 싫어! 그 결과, 모두의 관심을 끄는 행동을 하기 시작하는 거죠. 그래요, 마치 어린아이처럼요!"

어, 어린아이처럼? 최근 한 달 동안 과장님이 어린아이 같긴 했지!

"이제 아셨죠? 시모노 선배, 다시 말해서 빙고 게임 경험이 있는데도 불구하고 마치 처음 본 것 같은 반응. 그건 빙고가 뭐야? 다들 내게 관심을 보이면서 가르쳐 줘. 자자, 빙고를 모르는 내가 순진하고 귀엽지? 라는 짓을 저지른 거라고요!"

"저질렀네!"

"그래요! 저지르려 나섰어요!"

"저지르려 나섰어!"

"저게 카미조 과장님의 정체예요!"

"귀엽다!"

"그래요, 귀엽……, 네에?!"

"관심종자에 저지르려 나선 과장님, 귀여워!"

오구리가 옆에서 오늘 들은 것 중에 가장 큰 한숨을 쉬고는 집게손가락을 힘껏 움직여 빙고 카드 한가운데를 뚫었다.

그리고.

"시모노 선배~, 이 게임은 어떻게 하는 건가요~?"

"저지르려 나섰네!"

"가르쳐 주세요~."

"방금 보너스 칸 뚫었잖아?!"

"흥, 이제 됐어요."

오구리는 자그마한 입을 삐죽이며 나오 곁으로 가버렸다.

대체 뭐지?

참고로 나오는 저지르려 나섰다는 관심종자 과장님에게 열심히 빙고 규칙을 설명해주고 있었다. 과연 과장님은 진짜 저지르고 있는 걸까.

그런 의문을 품은 와중에 빙고 게임이 시작되었다.

『빙고를 맞추신 분께는 호화 경품이 준비되어 있습니다~! 물론 빨리 맞춘 사람이 좋은 경품을 고를 수 있죠! 그 유명 테마파크의 커플 티켓과 병설 호텔의 숙박권도 있다고요~!』

그 말로 인해 회장의 열기가 뜨거워졌다.

그 테마파크의 호텔에 투숙할 수 있는 숙박권……, 그건 마음에 둔 상대를 꼬실 수 있는 절호의 명분이 된다. 그 호텔에 투숙할 수 있다는 이야기를 듣고 기뻐하지 않을 한창나이 여자는 별로 없을 것이다. 그렇기 때문에 남자들은 반드시 손에 넣고 싶어 하는 경품인 것이다.

물론, 나도.

이 기회, 놓칠 순 없어!

『자, 기념비적인 첫 번째 숫자는———, 74입니다~!』

나는 카드에 적힌 24개의 숫자를 위쪽부터 훑어보다가 무사히 74를 찾아냈다.

"오, 느낌이 좋은데."

게다가 모서리다. 운이 좋네~.

손가락으로 오른쪽 위 모서리를 눌렀다. 그 모습을 들여다본 오니키치가.

"나나찌~, 나는 없었어~. 오니짱 시무룩 퀘스트."

"또 이상한 오니키치 용어를 늘리지 말라고."

여자 일행들도 다들 '아~'라며 안타까워하고 있는 걸 보니 아무래도 스타트 대시를 끊은 사람은 나 혼자인 모양이다.

『자자~, 계속 가보겠습니다~! 다음은 29!』

29……, 있다. 보너스 칸 왼쪽 대각선 아래. 좀 전에 뚫은 모서리와 이어지는 대각선 라인이다.

옆에 있던 오니키치도 29가 있었는지 기뻐하며 소리쳤다.

"좋았어~! 히어 위가 돌아왔다고~!"

"대체 뭐야? 히어 위는 사전 한 페이지 정도를 통째로 잡아먹을 정도로 의미가 있는 거야?"

무대 위에서는 세 번째 구슬이 데굴데굴 굴러가고 있었다.

『자, 다음은~! 야구 선수 마츠이 히데키의 등 번호 55다~!』

아니, 너무 오래된 소재잖아. 그런 생각이 들었지만, 이 시대라면 아슬아슬하게 양키스에 있던 시절인가? 야구에 대해 자세히 아는 게 아니라 잘 모르겠지만, 뭐, 그래도 마츠이 히데키가 유명하던 시대는 아닐 텐데.

"세 번째가 되었으니 제일 빠른 사람 중엔 리치인 사람도 있겠네. 하지만 그렇게 간단히……, 있다! 55, 있다!"

위에서 두 번째, 오른쪽에서 두 번째……, 다시 말해서.

"리치다!"

회장 안의 시선이 그렇게 소리친 내게 쏠렸다. 내 손에는 대각선으로 구멍이 네 개 뚫린 카드가 있었다. 남은 숫자는 럭키 세븐. 나나(七)야의 7!

그렇게 무시당하던 내가 지금은 단숨에 주목을 받고 있다.

"진짜야? 나나찌, 이거 진짜로 1등하는 거 아니야?"

오니키치가 내 어깨를 끌어안았다.

"아니~, 그렇게 잘 풀릴 리가 없지~."

나는 그렇게 말하면서도 심장이 두근두근 뛰고 있었다.

오랫동안 살면서 운이 이렇게 좋았던 기억이 없다.

설마 시간을 거슬러 오른 뒤에야 내게 운이 찾아오다니.

신이시여, 그런 거였어? 이번에 빙고를 딱 맞춰서 숙박권을 들고 과장님을 팍 꼬신 뒤에, 짜잔 하고 이어지라는 말이구나!

"나나찌, 혹시 빙고가 되면 누굴 꼬실 거야? 순리를 따지자면 오구찌겠지만, 중학생이잖아. 그렇다고 해서 토우카를 꼬시면 대놓고 바람인데."

아, 그랬지. 빙고에 너무 열중해서 문제가 아직 해결되지 않았다는 걸 깜빡하고 있었네.

"그거 말인데, 오니키치―――."

『벌써 리치인 사람이 나온 모양이네요! 과연 곧바로 빙고를 맞출 수 있을 것인지! 운명의 네 번째!』

"나나찌, 온다!"

"그, 그래! 부탁이야, 7 떠라!"

에잇, 일단 나중으로 미뤄두자.

지금은 빙고에 집중해야 해!

자, 와라!

내 역사상 최대의 빙고여!

『다음 숫자는―――.』

◆

"다행이야~, 아직 경품이 남아있었어~. 봐~, 이 입욕제, 귀엽지?"

"잠깐만, 나오퐁이 딴 거, 비와 거랑 똑같잖아. 빵 터지네."

"그야 비와코도 방금 빙고 됐으니까 그렇지! 이제 이것밖에 안 남았단 말이야~. 마지막 한 개."

"아하하, 그래도 이 입욕제는 꽤 괜찮아 보이네. 아니, 결국 제일 빨리 맞춘 사람은 토우카하고 오구오구였지."

비와코 선배가 바라보는 곳에는 과장님과 오구리가 똑같은 곰 인형을 끌어안고 나란히 서 있었다.

"오구오구도 그런 인형을 고르다니, 아직 어린애라는 거구나~."

"그, 그냥 남아있던 것들 중에 제일 좋은 걸 고른 게 이거였던 거라고요! 그렇게 따지면 저보다 연상인 카미조 선배가 나이에 비해 어린 짓을 한 거잖아요."

"지금 토우카는 유치원생이니까."

비와코 선배의 말에 과장님이 이를 드러냈다.

"유치원생 아니야! 나도 이게 마음에 들었다고!"

"과장님~, 그래선 반론이 안 되잖아~, 하하하하!"

나오가 입을 크게 벌리며 웃었다.

"이예이~, 이예이~! 내가 고른 게 제일 실용적이라고!"

오니키치가 여자 일행들에게 경품으로 받은 선크림을 보여주었다.

"있지~, 있지~, 비와코, 왜 경품 중에 선크림 같은 게 있는 걸까?"

"비와에게 물어봤자……. 미용학교에서는 피부에 대한 공부도 해서 그런 거 아닐까?"

"역시 비와코야! 요즘 미용학교에 대해 흥미진진하니까."

"잠깐만, 시끄럽다고, 이 거유가~! 으랴~."

"꺄악~, 치한이야! 만지는 방법이 망측해~! 아앙~!"

금발 갸루가 거유의 가슴을 만지작거리는 모습을 주위 학생들, 특히 남자들이 빤히 바라보고 있었다. 음, 나오 말대로라면 입욕제가 마지막 경품이었다고 하니까, 당연히 경품이 다 떨어진 빙고 대회는…….

『이걸로 빙고는 끝났습니다~!』

사회자의 말과 동시에 받은 경품 이야기를 하면서 떠들고 있던 다섯 사람이 일제히 나를 보았다.

그리고, 껄끄러운 듯한 눈빛으로 다시 일제히 눈을 피했다.

"아, 미안하게 됐네! 제일 먼저 리치해놓고 마지막까지 못 맞춰서!"

리치를 건 뒤로 하나도 뚫지 못한 카드가 내 오른손에서 허무하게 하늘하늘 흔들리고 있었다.

"나나노스케, 너, 진짜, 안타까운 남자구나."

"당신, 악마냐고!"

그런 걸 시체 차기라고 하는 거라고! 격투 게임 업계에서는 매

너 위반이란 말이야, 이 초보가!

"나는 처음부터 나나야가 운이 없다는 걸 알고 있었어."

"이 세상에 악마가 둘이나 있었네!"

"자~, 가슴 만져서 행운 좀 올려둘래?"

"그걸로 진짜로 행운을 얻을 수 있다면 종교라도 만들라고!"

내가 운이 없는 건 이 녀석들에게 운을 빨렸기 때문 아닐까. 나는 왜 항상 이렇지? 괜찮은 느낌이다 싶으면 아슬아슬하게 못 미친 채 멈추고, 설레기만 하다가 끝난다. 신이시여, 제 인생 스테이터스에 버그가 있는 거 아닌가요?

『라고, 생각하신 거 아닌가요~?! 안심하세요, 여러분! 아직 라스트 원 상이 남아있습니다~!』

하늘에서 실 한 가닥이 드리웠다.

사회자가 좀 전에 했던 종료 선언을 취소하고 라스트 원 상이 뭔지 설명하기 시작했다.

『깔끔하게 맞추는 것만이 인생은 아니죠. 삐뚤어진 선을 긋더라도 상관없지 않나요! 빙고를 맞추지 못한 당신들에게 드리는 마지막 기회! 여러분, 자기 카드를 봐주세요. 오른쪽 위에 카드 넘버 세 자릿수가 적혀 있죠? 지금부터 제가 들고 있는 이 상자에서 제비를 뽑아서 나온 숫자와 똑같은 카드 넘버를 가지고 있는 사람에게 비장의 시크릿 상품을 드리겠습니다! 물론 이미 빙고를 맞추신 분의 카드는 경품을 교환할 때 받았으니 제비에서 제외합니다. 그야말로 패배자들의 마지막 발버둥이죠~!』

그렇게 말하며 정육면체 상자를 하늘 높이 들어 올린 사회자.

그러자 빙고를 맞추지 못한 사람들이 힘껏 외쳤다.

"우오오오오오오오오오!"

『패배자들아~! 상품을 가지고 싶나~!』

"가지고 싶어~!"

『빙고를 맞춘 녀석들에게 한 방 먹여주고 싶나~!』

"먹여주고 싶어~!"

『어떤 상품이라 해도 불만은 없나~!』

"없어~! ……응?"

슬쩍 모습을 드러낸 위화감 때문에 회장 안이 술렁거리는 와중에 사회자는 상관없다는 듯이 박스 안으로 손을 집어넣었다.

부스럭부스럭———.

『이거다~! 넘버 154! 자, 누가 당첨된 거지~?!』

사회자가 고개를 좌우로 돌리는 것에 맞춰서 사람들이 웅성거리기 시작했다.

나는 그런 주위 사람들을 보면서 천천히 카드를 내려다보았다.

넘버 154.

"나다……."

『찾았다~! 행운의 패배자 군은 놀랍게도 스페셜 게스트, 아야카의 따님 일행 멤버다아~!』

좀 전에 제일 먼저 리치를 맞춘 뒤로 두 번째 주목.

아니, 패배자라고 하지 말아주실래요? 당첨된 거잖아요?

"오오오! 역시 나나찌야~!"

"저는 해내실 줄 알았어요, 시모노 선배!"

"흥, 나나노스케치고는 꽤 하잖아."

"나나야~, 상품 나눠줘야 해~."

"……축하해."

주간 만화에서 진행된 인기투표 결과 발표 같은 코멘트를 늘어놓지 말라고!

진짜, 좀 전까지는 다들 눈을 피하면서 껄끄러워했으면서, 갑자기 손바닥을 뒤집기는.

하지만 나는 좀 전에 사회자가 소리쳤던 그 말에서 느낀 위화감을 확실하게 기억하고 있다고.

어떤 상품이라 해도 불만은 없냐고 했단 말이야.

분명 불만을 가질 만한 상품이라는 거잖아!

라스트 원 상은 무슨. 신나게 분위기를 띄워놓고. 어차피 그냥 마무리 요원이 필요했던 거겠네!

마음속으로 그렇게 투덜투덜 불평하면서도 나는 무대 위로 향했다.

뭐, 의외로 괜찮은 상품을 받을 가능성도 전혀 없진 않을지도 모르니까.

무대에 도착하자 사회자가 내 어깨를 끌어안고 마이크를 향해 외쳤다.

『잘 왔네, 젊은이! 이름이 뭐지?』

『시모노입니다. 시모노 나나야, 아마쿠사 미나미 고등학교 1학년이에요.』

『시모노 군! 자네는 정말 운이 좋은 남자야! 아니, 행운을 가져다주는 산타클로스지!』

억지로 크리스마스에 갖다 붙이고 싶은 건지, 영문 모를 비유를 드는 사회자. 당첨되었으니까 굳이 말하자면 산타클로스에게 선물을 받는 쪽일 텐데. 내가 하얀 수염을 기른 할아버지가 되어서 어쩌라고.

무대 위는 의외로 조명이 밝아서 눈이 부셨기에 눈살을 찌푸렸다. 옆에서 내 어깨를 끌어안고 있던 사회자가 어느새 사라져 있었다.

"어라? 어디 갔지?"

나를 또 혼자 두지 말라고. 지금 나는 고독에 민감하단 말이야.

사회자가 어디 갔는지 내가 두리번거리고 있자니 스피커에서 흘러나오고 있던 'All I Want for Christmas Is You'가 조용히 멈췄다.

그리고 눈부신 조명이 교차하며, '덜렁이 산타클로스'가 흘러나오기 시작했다. 조명 연출하고 BGM이 전혀 안 맞잖아!

『자, 자~, 시모노 군, 오래 기다리셨죠~!』

경쾌하게 흘러나오고 있는 '덜렁이 산타클로스'와 함께 사회자가 큼직한 종이봉투를 들고 무대로 돌아왔다. 보아하니 무대 옆으로 뭔가 가지러 갔었던 모양이다. 정말, 그렇게 말할 거면 미리 말을 하고 사라지라고. 쓸쓸했단 말이야!

『자, 이거.』

사회자는 그렇게 말하며 들고 있던 종이봉투를 내게 건넸다.

이게 상품인가? 그렇게 생각하며 안을 보니 붉은색과 흰색 천이 보였다.

나는 그걸 들어 올렸다.

"이건…….."

『그래! 자네가 산타클로스가 되는 거야!』

들어 있던 건 산타클로스의 코스프레 의상. 아니, 진짜로 하
얀 수염을 기른 할아버지가 되는 거냐고!

『그럼, 저쪽에서 갈아입고 와~.』

빨라! 빨라!

전개가 너무 빠르다고!

하지만 우리는 게스트다. 초대받은 쪽이다. 그런 입장에 있는
사람이 분위기가 들뜬 회장에 찬물을 끼얹는 건 너무 어른스럽
지 못한 짓이다. 어쩔 수 없나…….

투덜거리며 무대 옆으로 가서 정장을 벗고 산타클로스 의상으
로 갈아입었다. 꼼꼼하게도 하얀 수염까지 딸려 있었다.

내가 산타클로스 차림으로 무대에 돌아오자 회장의 분위기가
한층 더 달아올랐다.

이 환호성…….., 나쁘지 않은데. 자, 크리스마스답게 산타클로
스가 된 건 좋은데, 이제부터 어떻게 하라는 거지? 설마 이 코
스프레 의상이 상품인가? 써먹을 수 있는 날이 너무 한정적이라
별로 기쁘지 않다.

『의외로 잘 어울리는데, 시모노 군. 혹시 산타클로스를 해본
적이 있나?』

"예전에 케이크를 파는 아르바이트로 해본 적은 있어요."

『어라? 자네, 고등학교 1학년이지? 중학생 때 아르바이트를 한 거야?』

또 저질러버렸다! 이 타임 리프 시차 실수는 어떻게 좀 안 되나?

"저, 저기, 그런 꿈을 꾼 적이 있다는 뜻이에요."

크윽~, 둘러대는 솜씨가 너무 지독한데. 아~, 나오하고 비와코 선배가 지금 무슨 소리냐는 표정을 짓고 있네. 오구리는 옆에서 싱글거리고 있고. 밉살스러운 후배 녀석.

『그렇군, 그렇군, 시모노 군은 재미있네!』

자상해! 이 사람, 자상해! 좋아!

"그런데 산타클로스 의상이 라스트 원 상 상품인 건가요?"

『아니, 아니, 이 의상은 빌려주는 거니까 나중에 반납해야 해. 자네에게는 이 회장 안에 있는 누군가에게 상품을 선물할 수 있는 권리를 주지! 그야말로 산타클로스!』

결국 상품은 못 받는 거잖아! 자상하다는 말, 취소! 당첨이라는 단어를 사전에서 찾아보고 와!

『그럼, 시모노 군, 아니, 시모노 산타 씨, 이게 그 경품이야.』

그가 내게 건넨 것은 예쁜 목걸이였다.

가운데에 자그마한 반지가 걸려 있었다.

『이 목걸이의 발주처로 가지고 가면 반지 안쪽에 원하는 글자를 새겨줄 거야. 자, 시모노 산타 씨, 마음에 둔 사람에게 목걸이를 주고, 같이 기념 글자를 새기도록 하게!』

그렇군, 라스트 원 상의 취지가 뭔지 대충 이해했다.

학생들이 좋아할 만한 크리스마스다운 기획이다. 나중에 데이트 약속을 확실하게 잡을 수 있다는 점도 포인트가 높다. 빙고 대회의 마무리로서는 꽤 괜찮은 방식인 것 같다. 기획을 짠 사람이 꽤 능력 있는 사람 같은데? 사회에 나가면 나 같은 사람보다 훨씬 빨리 출세하지 않을까.

기획자의 의도대로 회장 안에 있던 학생들이 설레는 표정을 보이며 모두 나를 주목하고 있다.

물론 그들이 기대하고 있는 건 내가 함께 온 여자 네 명 중 누군가에게 이 목걸이를 선물하는 것이다.

전문학교 학생분들이 우리의 관계에 대해 알고 있을 리는 없으니, 누구에게 줄지는 별로 중요하지 않다. 고등학생이 또래 여자에게 거의 고백이나 마찬가지인 행동을 한다는 풋풋함이 주목 포인트다.

하지만 우리 아마쿠사 고등학교 그룹 내부에서는 이야기가 다르다.

산타로 분장한 시모노 나나야가 누구에게 목걸이를 줄 것인가.

아마 모두가 순리적으로 우시키 오구리에게 줄 거라 생각하고 있을 것이다.

어째서 그렇게 된 건지는 내가 물어보고 싶지만, 그들의 머릿속에서는 지금 나와 오구리가 커플이니까.

남자친구가 여자친구에게 크리스마스 선물을 한다는 건 굳이 이런 기획이 아니더라도 흔히 있을 만한 단골 이벤트다.

정말 남자친구와 여자친구라면 말이지.

사회자가 재촉했기에 나는 무대에서 내려갔다.

우선 천천히 원래 있던 곳으로 이동하기 시작했지만, 어떻게 해야 할지 아직 결단을 내리지 못했다.

우선 일이 커지지 않게끔 오구리에게 줄까…….

하지만 이렇게 많은 사람들 앞에서 오구리에게 선물을 줘버리면, 그야말로 어째서 생겨난지도 알 수가 없는 커플 의혹을 스스로 인정하는 것이 된다. 나중에 오해를 푸는데 쓸데없는 노이즈가 껴서 골치 아파질 게 뻔하잖아.

그렇다면 순수하고 솔직한 마음으로 줄 사람을 골라야겠지.

물론, 그 상대는 과장님이다.

그래, 과장님에게 주면 된다.

나는 오구리와 사귀고 있지 않다.

내가 정말로 좋아하는 사람은 카미조 토우카라고, 이번 기회에 주장하는 거다.

과장님에게 주자.

정말로———?

정말로 그래도 되는 건가?

좀 더 냉정하게……, 어른스럽게 생각해야 하지 않나?

다른 사람들이 나와 오구리가 사귄다고 생각하는 와중에 내가 오구리를 무시하고 과장님에게 이 목걸이를 주면.

과연 과장님은 어떻게 생각할까?

기쁘다고 생각할까?

연인을 제쳐두고, 바로 눈앞에서 다른 여자에게 목걸이를 줄 정도로 이상하며 껄렁대는 남자. 그녀 눈에는 그렇게 보일 것이다.

게다가 의혹의 진상도 아직 알아내지 못한 와중에 내 이기심만 내세우는 행동은 결코 바람직한 행동이 아닐 수 있다. 왜냐하면, 그 의혹이 스스로의 말과 행동이 오해를 불러일으켜서 생겼을 가능성도 있으니까. 그렇다면 내가 잘못한 것이다. 그런 것조차 확실하지 않은 상태에서 함부로 행동했다가는 또 쓸데없는 오해를 불러일으킬 우려도 있다. 그렇게 되면 끝장이다.

우선은 확실하게, 어째서 이런 상황이 된 건지.

그걸 확인하고 오해를 푼 다음에 내 마음을 밝히는 게 맞지 않을까.

이러쿵저러쿵 생각하던 와중에 이미 나는 다른 사람들 앞에 와 있었다.

다섯 명이 산타가 된 나를 미소로 맞이해 주었다.

어떻게 하지……, 이번에는 역시 오구리에게 줘야 하나? 그렇게 생각하며 오구리를 힐끔 보았다.

마치 기다리고 있었다는 듯 그녀는 이쪽을 보고 있었다. 눈이 딱 마주쳤고.

"와~, 감사합니다, 산타 할아버지! 기뻐요."

오구리가 그렇게 말하며 목걸이 쪽으로 손을 뻗으며 나를 끌어안았다.

"어, 아니……, 오구리, 아직."

나는 어색한 느낌으로 오구리의 몸을 받아내며 당황한 표정을 지었지만, 곧바로 주위에서 환호성이 솟구치며 회장에는 박수 소리가 울려 퍼졌다.

그 순간.

타닥———.

테이블을 사이에 두고 맞은편에서 누군가가 뛰어나가는 발소리가 울렸다.

물론, 그곳을 뛰쳐나간 사람은 카미조 토우카였다.

◆

산타클로스 의상을 반납하고 나서 나는 원래 있던 테이블로 돌아와 아래쪽을 내려다보고 있었다.

껄끄러움을 견딜 수가 없다.

딱히 누군가가 껄끄러운 게 아니다. 이곳에 있는 나 자신이 껄끄럽다.

"뭐, 어쩔 수 없지. 이번에는 나나야가 잘못한 게 아니니까."

사라진 과장님, 그리고 그녀를 쫓아간 비와코 선배가 자리를 비운 와중에 나오가 부드러운 목소리로 그렇게 말했다.

"그래. 나나찌는 잘못 없어."

두 사람은 그렇게 신경 써줬지만, 다시 말해 과장님이 도망친 건 역시 내가 목걸이를 오구리에게 주었기 때문이라는 사실을 모두 이해하고 있다는 뜻이기도 하다. 의도치 않은 결과이긴 하지만 우유부단했던 내가 잘못이라는 건 사실이다.

"그래도 둘 다 너무 염장질을 하잖아~. 나나야는 숨기고 있었던 것 같은데, 솔직히 말해서 우리는 두 사람이 사귀고 있다는 걸 이미 알고 있단 말이지."

"응, 나오, 그거 말인데."

마침 커플 의혹 이야기가 나와 내가 오해를 풀려고 이야기를 꺼냈지만, 마침 비와코 선배가 돌아왔다.

"다녀왔어~."

"비와코, 어서 와. 과장님은?"

"오픈 테라스가 있길래 거기서 쉬고 있어. 왠지 몸이 안 좋은 것 같던데, 바깥 공기를 쐬니까 좀 나아져서 조금 쉬다가 온대. 혼자 있고 싶어 하는 것 같아서 두고 왔어."

"춥지 않아? 오늘 밤에 눈이 온다고 하던데."

"아, 접수처에 맡겼던 코트를 가지러 갔었으니까 괜찮을 거야. 비와도 중간까지 같이 테라스에 있었는데, 아직 그렇게까지 춥지는 않았으니까."

"그렇구나. 그럼 다행이고. 정말~, 과장님은 걱정만 끼치고, 애기 같네~."

왠지 정말 요즘 과장님과 나오의 입장이 역전된 것 같네. 처음에는 과장님이 보호자 같았는데, 언제부터인지 나오가 보호자처럼 되었어. 여름쯤부터 그런 낌새가 보이긴 했지만.

"그래서, 그래서, 무슨 이야기 하고 있는데~?"

비와코 선배가 천진난만하게 물었다. 이 사람은 언제나 속 편해 보인다.

"나나야하고 오구오구가 사귀는 거, 우리도 이미 알고 있긴 하지만 너무 염장질은 하지 말라고 주의를 주고 있었어."

"아, 말해버렸구나~. 나나노스케가 숨기고 있는 것 같길래 일단은 다들 신경 써준 거라고. 고마워하란 말이야."

"네, 네에."

그렇구나, 그런 거였나. 다들 내가 숨기고 있다고 생각했던 모양이네.

"둘 다 아직 어리니까 염장질을 하는 건 좋지만 말이야~. 너무 달아올라서 야한 짓을 하진 말라고~."

"하겠냐!"

내가 태클을 걸자 오구리도 옆에서 끼어들었다.

"사콘지 선배도 아니고."

조용한 중얼거림이었지만 비와코 선배는 확실하게 알아들었나 보다.

"잠깐만, 비와는 야한 건 고등학교를 졸업할 때까지 안 할 거거든~?"

"또 그러시네, 그런 건 됐다고요."

오구리는 어이가 없다는 표정으로 대답했다.

나는 비와코 선배 대신 변명해 주었다.

"아니, 정말이야, 정말. 이 사람은 이래 봬도 꽤 순수하니까."

"어? 사콘지 선배, 혹시 처녀인가요?"

"뭐?! 처녀 아니거든~! 처녀지만, 처녀 아니거든~!"

내가 동정이 아니라고 할 때처럼 말하고 있네.

"갸루면서."

"갸루는 상관없잖아!"

"처녀 빗치."

처녀 빗치가 뭔데?! 겨우 네 글자인데 모순이야!

"오구오구, 이 녀석, 세게 나오네. 설마, 오구오구, 나나노스 케하고 벌써?!"

"……글쎄요."

글쎄요는 무슨! 부정하라고!

두 사람의 공방 때문에 분위기가 흐트러졌기에 나는 헛기침을 한 번 해서 주목을 모았다.

"저기 말이죠, 여러분. 한 가지만 말씀드릴게요."

"왜 그래? 나나야, 갑자기 분위기를 잡고."

지금부터 분위기를 잡을 만한 말을 할 거니까 당연하지.

나는 모두의 호흡이 가라앉은 걸 확인하고 나서, 천천히 입을 열었다.

"우리, 안 사귀는데?"

응, 막상 소리 내어 말해보니 뭐, 정말 간단한 내용이네.

잘못된 걸 바로잡는다. 겨우 그것뿐이라 간단할 수밖에 없다.

처음 반응을 보인 건 오니키치였다.

"응? 그게 무슨 소리야? 나나찌. 오구찌랑 나나찌가 사귀지 않는다는 거야?"

"응, 맞아. 그게 맞다고."

그다음에 목소리를 낸 사람은 나오였다.

"어?! 그래?!"

"응, 맞아. 오히려 왜 그런 이야기가 나온 건지 모르겠는데."

그리고 마지막으로 확실하게 따진 사람은 비와코 선배였다.

"아니, 아니, 비와가 들었거든? 둘이 사귄다고."

"누구에게요?"

"오구오구."

호오……, 이런저런 가능성을 고려했었는데, 역시 결국 제일 수상쩍었던 사람이 이 소문의 발단을 만든 모양이다. 그리고 그걸 비와코 선배가 퍼뜨리고 다닌 거고.

나는 말없이 오구리를 보았다.

"흐에?"

엄청나게 시치미 떼고 있네! 완전 새침한 표정으로 모른 척하고 있어.

좋아. 그럼 변명을 들어보자고, 용의자 군.

"어떻게 된 건지 가르쳐줄래? 오구리."

"저 말인가요?"

너 말이야! 너 말고 또 누가 있는데!

"들자 하니 아무리 생각해도 오구리가 발단을 만든 것 같은데?"

오구리의 종잡을 수 없는 태도에 휘둘리지 않게끔, 나는 굳은 의지로 다그쳤다. 그리고 곧바로 나오도 후속타를 날렸다.

"그래, 오구오구! 나는 대체 뭐가 어떻게 된 건지 알 수가 없어서 가슴이 쭈그러들 것만 같아!"

후속타 맞지? 어찌 됐든, 엇갈리던 나와 다른 사람들의 견해
가 겨우 교차되었고, 그 의문이 하나로 뭉쳐서 오구리에게 쏠리
고 있다.

우리는 모두 함께 그녀가 말하기를 기다렸다.

"저……, 애초에 사콘지 선배에게 사귄다는 말은 한 마디도
한 적이 없는데요."

오구리는 시원스럽게 웃으며 아무렇지도 않게 말했다.

그 표정이 너무나도 자신만만했기에 우리는 표적을 바꾸어 비
와코 선배를 보았다.

"뭐, 뭐냐고~! 비와가 진짜로 들었다니까!"

"그럼, 그때 어떤 상황이었는지 가르쳐주실 수 있나요?"

나는 의심스러운 눈초리로 비와코 선배에게 말했다. 미안하지
만 이 사람도 믿을 수 없는 구석이 좀 있으니까.

"애초에 나나노스케가 오구오구랑 단둘이서 밀회를 하고 있었
잖아!"

"밀회……? 아, 패밀리 레스토랑 말이구나……. 그건 딱히 밀
회가 아니라 이야기를 좀 했을 뿐인데요? 아니, 비와코 선배,
그때 있었나요?"

"있었어! 봤다고! 그래서 비와는 두 사람이 괜찮은 느낌인가?!
라고 생각한 거야. 예전부터 오구오구가 나나노스케에게 마구
들이댄 것도 알고 있었고!"

비와코 선배는 의심을 사고 있다는 게 불만이라는 듯이 대답

했다. 그리고 이번에는 오구리가 입을 열었다.

"그래서 사콘지 선배가 저한테 다가와서 저희 관계에 대해 물어봤죠. 그때는 이미 시모노 선배가 없었지만요."

"맞아! 그때, 비와가 들었다고!"

"네~? 저는 말 안 했는데요~. 사콘지 선배가 착각한 거 아닌가요~?"

비와코 선배를 보고 있는 오구리의 눈이 초승달처럼 일그러졌다. 이쪽도 나름대로 수상쩍어지는데.

"그래도, 그래도……, 저기, 비와가 오구오구에게 두 사람이 괜찮은 느낌이냐고 물어봤더니, 오구오구가……, 아, 그렇지! '괜찮은 느낌인지 아닌지를 따지면 괜찮은 느낌일지도 모르겠네요'라고!"

"그거 봐요. 말 안 했잖아요."

"그, 그렇긴 한데……."

확실하게 밝힌 건 아니긴 하지만, 오구리 쪽이 꽤 의심스러워진다.

"자, 사콘지 선배가 착각한 거네요."

"잠깐! 잠깐! 그런 다음에 비와가 혹시 둘이 이미 사귀고 있는 거냐고 물어봤더니 오구오구가!"

이건 핵심에 가까운 질문이다. 그 질문의 대답에 따라 진상이 전부 밝혀질 것이다.

"제가 뭐라고 했죠? 사콘지 선배."

"저기, 그러니까……, '상상에 맡길게요'라고……."

"어라? 어라, 어라, 어라? 사콘지 선배? 제가 '사귄다'고 한 마디라도 했나요? 안 그래요? 사콘지 선배?"

"저, 정말이네……, 말 안 했어. 비, 비와가 착각한 거야……, 아으으으으."

"아으으으으는 무슨! 왜 그렇게 밀리고 있는 건데요! 사콘지 선배! 아무리 봐도 확신범이잖아요! 잘못 사용되는 뜻으로 확신범! 알면서도 그런 거라고요!"

"어, 그런 거야?!"

"그렇다고요! 저 얼굴을 보세요!"

나는 오구리의 얼굴을 손가락으로 가리켰다.

거기에는 척 보기에도 속는 사람이 잘못이라는 듯 입을 삐죽대고 있는 표정이 있었다.

"어, 어, 어, 어느 쪽인데?! 나오퐁, 비와가 잘못한 거야?! 어느 쪽인데?!"

하지만 자신이 잘못했을지도 모르겠다는 죄책감 때문인지, 당황한 비와코 선배는 그런 오구리의 표정을 보고도 정답을 알아내지 못하고 옆에 있던 나오의 팔을 붙잡은 채 힘없는 목소리로 말했다. 이런 구석이 순진하단 말이지, 이 사람은.

"비와코! 안심해! 이건 분명 오구오구의 책략일 거야!"

"나오 선배~. 오구리를 저버리지 마요~."

마치 도토리를 갉아먹는 다람쥐처럼 동그란 눈으로 나오를 바라보는 오구리.

"오구오구, 그런 표정을 지어봤자 나는 속지 않……, 귀엽다~!"

이 거유가! 하지만 비와코 선배는 제정신을 차린 모양이었다.

"오구오구, 이 녀석~, 잘도 속였겠다~."

"그러니까~, 속인 거 아니라고요~. 사콘지 선배가 멋대로 착각한 거잖아요~. 그죠? 시모노 선배."

용케도 내게 그런 이야기를 하는구나! 역시 나나 과장남보다 먼저 타임 리프를 해온 시간 역행자 선배야. 타임 리퍼는 시간을 거슬러 와서 지낸 기간이 길면 길수록 멘탈이 강해진다는 게 정석이니까.

"뭐야~, 나나노스케~. 너는 오구오구 편을 든다는 거야~?"

"당신이 당황하고 있을 때 제일 먼저 태클을 걸었던 게 누군지 잊어버렸냐고! 오구리도 승산도 없이 내게 맞장구쳐달라고 하지 마!"

내가 그렇게 말하자 오구리는 혀를 찼다.

"체엣~."

체엣~은 무슨. 진짜, 점점 내 마음속에서 오구리의 이미지가 무너져가네. 스물다섯 살의 우시키 오구리……, 무시무시하다.

"오구오구는 왜 그런 짓을 한 거야~? 나나야에게 물어보면 이렇게 금방 들킬 텐데."

나오가 물었다. 결국 다들 신경 쓰이는 건 그거다.

"그건……."

"토우카지?"

말꼬리를 흐리는 오구리 대신 대답한 사람은 지금까지 조용히 이야기를 듣고 있던 오니키치였다.

오구리는 그 질문에 곧바로 반응을 보이고는, 고개를 들어 자기보다 키가 훨씬 큰 오니키치를 노려보았다.

"토우카와 나나찌 사이를 헤집어놓고 싶다. 그래서 일부러 나나찌하고 사귄다는 소문이 퍼지게끔 해서 토우카를 불안하게 만들었다, 그런 거겠지. 만약 나나찌가 그걸 빨리 부정하더라도 연애에 익숙하지 않은 토우카라면 쓸데없이 깊게 생각해서 의심에 빠질지도 모르고, 캐묻는다 해도 지금처럼 확실하게 말하지 않았다고 우기면서 빠져나갈 수 있을 테니까. 오구찌……, 아니, 오구리."

오니키치는 신기하게도 진지한 말투로 그렇게 말했다.

팽팽하게 긴장된 분위기가 감돌았다.

"이상한 트집 잡지 말아주세요, 타도코로 선배. 좀 전에도 말했지만, 딱히 여러분을 속일 생각 같은 건 없었으니까요. 카미조 선배도 제가 알 바 아니에요. 카미조 선배의 상태가 이상해졌다 하더라도 그 사람은 이미 스물……, 아니, 열일곱 살이니까 어린애도 아니고, 자기 책임이죠."

"따지자면 자기가 한 말과 행동으로 오해를 불러일으킨 책임이 오구리에게 있을 텐데. 우리는 이제 오해를 풀었지만, 아직 진지하게 고민하는 사람이 한 명 있잖아. 책임지고 직접 사과하러 다녀와."

"네에? 어째서 제가 그런 짓을."

"오구리에게는 겨우 그 정도라 해도 토우카에게는 그렇게 넘어갈 수 있는 일이 아니야. 나나야를 좋아하는 네가 제일 잘 알고 있을 텐데."

오니키치가 나나야라고 부른 건 꽤 오랜만이다.

아마 오니키치는 오구리를 진지하게 혼내고 있는 것 같다.

화를 내는 게 아니라, 혼내고 있다.

마치 과장님처럼.

"타도코로 선배, 왠지 무서워!"

"뭐?!"

그럼에도 불구하고 치와와처럼 반항하는 오구리.

허를 찔린 건지, 오니키치도 평소 표정으로 돌아왔다.

"항상 이예이~, 이예이~, 히어 위, 히어 위~ 하는 주제에 이럴 때만 예전 타도코로 선배처럼 돌아오고! 누가 당신을 갸루남으로 만들어 준 줄 알아요?"

어? 갸루남으로 만든 게 오구리야?! 타임 리프로 나오나 오니키치를 변화시켰다고 하긴 했는데, 그렇게 직접적으로 바꿨다고?! 최면술이라도 쓴 거야? 대단하네, 오구리.

"그, 그건, 오구찌지만 말이지~."

오니키치도 왠지 거기에 대해 은혜를 입었다고 느끼는 것 같네! 두 사람 사이에 무슨 일이 있었는지 나중에 자세히 듣고 싶은데!

"무서워, 무서워, 무서워! 키 크고 태닝한 고등학생 오빠가 자그마한 여자 중학생에게 진지하게 잔소리를 하니까 무서워! 저, 이제 울음이 나올 것 같은데요! 자, 울어버릴 거라고요!"

울겠다고 미리 선언하고 우는 녀석이 어디 있냐!

"그, 그래, 그, 미, 미안해~, 오구찌~."

"으아아아아앙! 타도코로 선배가 화냈어~!"

"아~! 오니키치, 오구오구를 울렸어~! 이 녀석~, 내 오구오구에게 무슨 짓이야~!"

나오가 곧바로 우는 시늉을 하는 오구리를 끌어안았다. 오구리의 얼굴을 제대로 확인하진 않았지만 우는 시늉만 했다는 건 딱 잘라 말할 수 있다.

아니, 나오는 대체 누구 편인데! 뭘 그렇게 곧바로 속고 있는 거야!

"으엑~, 연하를 울리다니, 오니키치, 최악이잖아~."

"비와쵸스까지 그러기야~?"

당신도 그쪽이냐고. 이럴 때 여자들이 보이는 결속력은 무시무시하지. 하지만 남자의 우정 파워도 밀리진 않는단 말이야.

"둘 다 냉정하게 생각해 봐. 오니키치가 엄청 옳은 말을 하잖아. 나도 오구리가 과장님에게 제대로 사과해야 한다고 생각하는데."

"나, 나나찌~."

오니키치가 내 어깨에 매달려서 울었다. 이쪽은 진실된 눈물이다. 마음껏 울도록 해라, 친구여.

"우와~, 나왔네, 남자들의 정론 공격. 여자애에게는 논리가 통하지 않을 때도 있는 거라고."

좀처럼 꺾이지 않고 계속 물어지는 나오. 아니, 진짜로 완벽하게 오구리 편으로 넘어간 거 아닌가?

"그런데 말이야, 비와는 한 가지 궁금한 게 있는데."

그때, 비와코 선배가 목소리 톤을 약간 낮추고 입을 열었다.

"나나노스케랑 오구오구가 사귄다는 오해하고, 토우카가 이상해진 게 무슨 상관이 있다는 거야? 오니키치가 말했던 오구오구가 나나노스케하고 토우카 사이를 헤집으려 한다는 이야기도 이해가 잘 안 되는데. 마치 그 둘이 사귀는 커플 같잖아."

"뭐, 뭐……, 그렇긴 한데요. 물론 저하고 과장님은 사귀고 있지 않아요."

그러고 보니 이야기가 한 단계 뒤처진 사람이 한 명 있었구나.

"무슨 소릴 하는 거야, 비와코. 그야 나나노스케가 과장님을……."

"아~, 아~, 잠깐만 기다려! 나오!"

그리고 본인 허락도 없이 아무렇지도 않게 내 연애 사정을 다른 사람에게 말하려 하는 소꿉친구.

"뭐야, 나나야. 비와코에게만 숨기려고~?"

"아니야, 아니야. 저기……, 내가 말할 테니까."

하긴 이런 상황까지 되었는데 비와코 선배만 사정을 모른다면 이야기 진도도 나가지 않을 테고, 이제 숨길 만한 상황도 아니다.

하지만 비와코 선배에게는……, 내 입으로 말해야 한다.

나도 나름대로 이 사람에게 고마워하는 게 잔뜩 있다. 그리고 무엇보다 비와코 선배와 만났을 때, 그녀는 자신의 입으로 과장님에 대한 마음을 내게 전해주었다.

그렇다면 나도 후배로서……, 친구로서 마땅히 그래야 할 것이다.

"비와코 선배———, 그건 제가 카미조 토우카를 좋아하기 때문이에요."

"뭐?! 그랬어? 나나노스케?!"

"……네, 비밀로 해서 죄송합니다."

"언제부터 그랬는데!"

"비와코 선배랑 만나기 전부터요."

"뭐어? 이 자식, 비와의 토우카를 꼬시려 했던 거냐고!"

응, 뭐, 화를 내는 방향성이 조금 이상하단 말이지, 이 사람.

"아니, 매번 그렇게 생각했는데요, 비와코 선배의 과장님은 아니잖아요."

"크아~, 가끔씩 수상쩍긴 했는데, 설마 너 따위가 토우카를 좋아한다니. 주제를 알라고, 이 평민!"

"저기, 너무 심하지 않아? 이 사람, 아무리 그래도 말이 너무 심하지 않아?"

너무 화를 심하게 내는 거 아니야?

그런 비와코 선배의 머리를 나오가 위로하듯 쓰다듬으며 말했다.

"자~, 비와코, 진정해. 오구오구도 분명 그 사실을 알고 그런 거짓말을 해버린 거겠지."

"거짓말은 안 했어요."

아직도 그런 말을 하네, 이 여중생이.

고집을 부리는 오구리 옆에서 화를 내던 비와코 선배가 뭔가를 눈치채고는 표정을 또 바꿨다.

　　"잠깐, 잠깐. 나나노스케가 토우카를 좋아한다는 건 일단 제쳐 두고, 그것만으로는 토우카가 이상해진 이유가 안 되잖아……?"

　　"비와코, 답은 간단하지 않아?"

　　"어? 나오풍, 설마?"

　　"응, 과장님도 나나야를 좋아하기 때문이야."

　　비와코 선배가 곧바로 테이블을 내리쳤다.

　　"이의 있소!"

　　이의?!

　　"말씀하시죠, 비와코 변호사!"

　　나오가 쓸데없이 부추기기 시작했다.

　　"나나노스케는 비와 마음에 들었고, 평범하게 생긴 것치고는 어지간한 녀석들보다 괜찮은 남자이긴 하지만, 토우카가 반할 정도로 남자로서의 매력이 대단한 건 아닌 것 같거든!"

　　"이의를 인정합니다!"

　　미리 말해두지만, 대충 센 것만 해도 태클을 걸 구석이 세 군데는 있다고. 그리고 그렇게 들어가면 내게 고백해준 오구리에게도 실례잖아!

　　"그런데, 비와코 변호사. 만약에 그렇다고 한다면 과장님이 최근 한 달 동안 보였던 이상한 행동을 설명할 수 있습니까?"

　　"끄으윽……, 반론할 수가 없네……."

　　"거기까지! 판결, 과장님은 나나야를 좋아한다, 따라서 나나야를 사형에 처한다.”

“재판관 때려치워!”

그 터무니없는 사법은 대체 뭐야! 나라가 금방 파탄 나겠네!

“인정하고 싶지는 않은데……, 토우카가 정말로 나나노스케를 좋아한다면, 오니키치 말대로 오구오구가 토우카에게 직접 사과하러 가야겠네.”

비와코 선배는 갑자기 진지한 표정으로 말했다. 이러쿵저러쿵해도 이 사람도 성실하니까.

“어라……, 비와코가 어른의 의견을 내놓아버렸네. 그렇게 된 이상, 나도 이제 오구오구 편을 들 순 없겠는데.”

뭔가 잘 모르겠지만, 결과적으로 남자 쪽이 이긴 모양이다.

“시모노 선배는…….”

모두의 의견이 정리되어가던 참에 당사자인 오구리가 천천히 입을 열었다.

“시모노 선배는, 정말로 그래야 한다고 생각하시나요?”

그 눈동자에는 불안한 기색이 보였다.

그건 거짓이 아닐 것이다.

“응, 가야 한다고 생각해.”

“그건, 시모노 선배와 카미조 과장님이 서로 좋아한다는 걸 스스로 인정한다는 뜻인가요?”

오구리가 과장님을 다른 사람들 앞에서 카미조 과장님이라고 불렀다. 호칭을 신경 쓰는 걸 잊을 정도로, 그녀 마음속에서 진지하게 마주하기 시작했다는 증거이리라.

"서로 좋아한다고 생각하지는 않아. 하지만……, 이제 나도 도망치고 싶진 않아. 아마 우리는 둘 다 서로 엇갈리기만 한 짝사랑을 했던 것 같아."

"서로 짝사랑을 했다고 말하고 싶으신 건가요?"

"뭐……, 그렇지, 요즘 같은 스타일로 말하자면 쌍방향 짝사랑이라고 해야 하나? 그러니까 오구리도 도망치지 말았으면 좋겠어."

"요즘 같은 스타일이라니, 이 시대에는 그런 단어가 있지도 않고, 11년 뒤에도 그냥 만들어낸 조어에 불과하거든요? 그거."

내게만 들리는 목소리로 오구리가 말했다.

그리고 다른 사람들을 보면서.

"네, 네, 알겠어요. 다녀올게요. 카미조 선배에게."

토라진 모습을 보이면서도 그녀는 테이블을 떠났다.

그녀의 다리가 조금 떨리는 걸 나는 분명히 보고 있었다.

◆

우리가 있던 메인 플로어를 나서서 오른쪽으로 돌아간 다음, 긴 복도를 끝까지 나아가자 세련된 오픈 테라스가 보였다. 유리문을 밀고 바깥으로 나가자 싸늘한 겨울 공기가 피부에 스며들었다.

접수처에 맡겨둔 코트를 가지고 올 걸 그랬다. 나는 입에서 토해낸 하얀 입김으로 손을 데우면서 오픈 테라스에 있는 기둥 그

늘에 몸을 숨겼다.

결국, 오구리가 신경 쓰여서 몰래 혼자 따라와 버렸다.

테라스 안쪽에는 딸린 벤치에 앉아 있는 과장님, 그리고 좀 전에 온 오구리가 그 앞에 서 있었다.

두 사람이 있는 위치와는 거리가 좀 떨어져 있긴 하지만, 나누는 이야기의 내용이 들리지 않을 정도는 아니었다.

나는 귀를 기울이며 상황을 지켜보았다.

"우……, 우시키 양, 무슨 볼일 있어?"

과장님은 갑자기 나타난 오구리를 보고 당황한 기색을 드러냈다. 꽤 동요한 것 같았고, 한편으로 오구리는 무표정한 채 아무런 말도 하지 않고 서 있기만 했다.

오구리도 나름대로 결심을 다지고 있는 걸까.

그런 오구리를 보고 과장님은 힘없는 목소리로 말했다.

"회, 회장으로 돌아갈까? 다들 기다리고 있을 테고. 여기, 춥지?"

"아뇨, 괜찮아요."

곧바로 나온 대답이었다. 좀 무서운데, 오구리. 너, 사과하러 온 거잖아?

"그래……."

엄청나게 풀 죽어 버렸잖아, 과장님. 가엾다고.

"카미조 과장님, 그거, 관심종자 짓이죠?"

이봐, 너, 사과하러 온 거 맞지?!

"관심종자……, 그게, 뭔데?"

그러게, 과장님은 그런 단어를 모른다고!

"그렇게 풀 죽은 척하면서 시모노 선배의 관심을 끌려고 하는 거죠? 다 들었어요, 학교에서도 이상한 짓을 하고 다닌다면서 요. 그것도 전부 관심종자 짓이죠?"

엄청난 말을 대놓고 하네. 저 애, 사과할 생각이 전혀 없는데.

"그럴지도……, 모르겠어. 미안해, 내가 관심종자 같은 행동 을 해서 두 사람 사이를 방해해버렸나?"

"네, 정말 방해되네요. 카미조 과장님은 가만히 있어도 인기 가 많은 주제에, 시모노 선배까지 꼬시려 하지 말아주세요. 결 판은 이미 났다고요. 당신은 진 거예요!"

좋아, 나가자. 이런 상황에서 두 사람이 화해할 수는 없다. 오 구리는 아직 과장님에 대한 감정을 정리하지 못했다. 물론 내게 그걸 따질 권리가 없다는 건 알고 있다. 하지만 이대로 가다간 서로 상처를 입을 뿐이다. 내가 사이에 끼어든 다음, 우선 과장 님의 오해를 풀어야겠다.

내가 한 발짝 내디디려 한 순간, 과장님의 목소리가 울려 퍼졌 다. 그건 지금까지처럼 연약한 말투가 아니었다. 목소리에 약간 생기가 돌아와 있었다.

"너는 정말로 나나야 군을 좋아하니?"

"네에? 그게 무슨 뜻인데요? 당연히 좋아하죠. 지금도 정말 행복해요. 시모노 선배하고 두 번째 청춘을 보낼 수 있어서 정 말 행복해요. 그러니까 당신이 방해하지 말았으면 한다고요."

"그래, 네가 정말로 나나야 군을 좋아하고, 진심으로 행복하 다고 생각한다면. 그렇다면, 됐어."

"그래요, 신께서 이런 기회를 주셨다고요. 타임 리프라는 형태로요. 그러니까, 저는 지금 진심으로 행복해요."

"그럼, 어째서 그렇게 괴로운 표정을 짓고 있는 거야?"

과장님이 숙이고 있던 고개를 들고, 오구리를 똑바로 바라보며 말했다.

그 시선을 본 오구리가 한 발짝 물러선 다음, 곧바로 고개를 숙였다. 마치 예전의 오구리가 그랬던 것처럼.

"네, 네에~? 무슨 말씀이신지 이해가 전혀 안 되네요. 두 번째 청춘을 보내게 됐고, 뭐든지 잘 풀리고 있는데, 괴로울 리가 없잖아요."

"네가 나를 연적으로 보면서 눈엣가시처럼 여기는 마음은 이해해. 모처럼 나나야 군하고 사귈 수 있게 되었는데, 내가 계속 관심종자……? 같은 짓을 하니까 마음에 들지 않았겠지."

"마, 맞아요……, 잘 알고 계시네요. 저는……, 저는 당신이 짜증 나고, 걸리적거리고, 밉다고요!"

오구리의 말투가 거칠어졌다.

"그래도 말이지, 오구리, 내게는 네가 괴로운 것처럼 보여. 왜냐하면 너는 그렇게 다른 사람을 업신여기는 말을 하는 애가 아니었잖아?"

그 말을 듣고 고개를 숙이고 있던 오구리가 눈을 들고는 과장님을 노려보았다.

"당신이! 당신 같은 사람이 저에 대해 뭘 안다는 건데요!!"

오구리의 인상이 일그러졌다.

과장님은 그 모습을 그저 지켜보고만 있었다.

오구리는 그런 과장님에게 다그치듯이 말했다.

"저희 회사에는 말이죠, 카미조 과장님을 모르는 사람이 없다고요. 같은 회사 사무원인 제 이름조차 기억하지 못하는 녀석들도 당신은 알고 있어요. 저희 회사뿐만이 아니에요. 그 건물에 입주해 있는 회사 사람이라면 모두가 당신 이름을 알고 있어요. 그런 당신은 11년 뒤에, 그 시대에 제가 같은 건물에서 일하고 있던 사실을 알고 계셨나요?"

"미안해, 몰랐어."

"그렇겠죠. 뭐, 딱히 상관없어요. 아무리 같은 건물이라고는 해도 보통 다른 회사 사원은 거래처라도 아닌 이상 면식 같은 게 있을 리가 없으니까요. 저처럼 눈에 띄지도 않는 평범한 평사원이라면 더더욱 그렇고요. 하지만 말이죠, 저도……, 당신처럼, 멋지고, 일도 잘하고, 인망도 있는 사람하고는 동떨어진 생활을 하던, 평범한 사람인 저도……, 필사적으로 살아왔다고요. 사랑도 필사적으로 했다고요. 그런 제 사랑을 당신 같은 사람이 방해하지 않았으면 좋겠어요. 그것도 제 존재조차 몰랐고 사는 세계도 다른 사람이, 누구에게나 사랑받고 축복받는 사람이, 저를 다 안다는 듯이 지껄여댈 명분 같은 건 없단 말이에요!!"

목소리가 떨리고 있었다. 분노 때문인지, 분한 마음 때문인지, 그녀의 목소리가 떨리고 있었다.

나는 그런 오구리의 심정을 이해해 버렸다.

평범한 인생을 살아온 사람으로서, 괴로울 정도로 공감해 버렸다.

그건 변명일지도 모르겠다. 화풀이일지도 모르겠다. 도망치고 있을 뿐일지도 모르겠다.

하지만, 괴롭다는 것만큼은 틀림없는 사실인 것이다.

눈부시게 빛나는 것과 자신을 어쩔 수 없이 비교해버렸을 때, 평범하다는 그 형편 좋은 단어가 우리에게는 유일한 도피처인 것이다. 우리들만 이해할 수 있는 감정인 것이다.

그렇기 때문에, 그것조차 눈부신 사람들이 이해해 버린다면, 도피처를 빼앗겨 버린다면, 우리는 마음을 쉬게 할 수가 없다.

도피처가 있기 때문에 노력할 수 있는 경우도 있다.

적어도 그런 도피처 정도는 지키고 싶은 거다.

그녀가 하고 있는 건 그저 못난 소리다. 강한 사람에게는 못난 소리처럼 들릴 것이다.

하지만 그녀에게 있어서는, 비명이다.

그 비명을 들은 과장님의 표정이 바뀌었다.

최근 한 달 동안 보여주지 않았던 표정.

원래 카미조 토우카가 지니고 있던 표정.

바뀐 게 아니라 돌아왔다고 하는 게 더 정확할지도 모르겠다.

"너, 뭔가 착각하는 거 아니니?"

엄한 여자 상사의 표정이다.

"무슨⋯⋯."

매처럼 날카로운 눈을 본 오구리는 당황한 기색을 드러냈다.

"사과해."

과장님은 벤치에서 일어서서 당당한 모습으로 오구리 앞에 섰다.

"사, 사과하라고요⋯⋯? 제가요? 아, 그렇군요, 뭐야. 그야 그렇겠죠. 총명하신 카미조 과장님이시니까요. 제가 시모노 선배하고 사귄다는 헛소문 정도는 금방 눈치채셨겠죠. 그런데도 이상해진 척이나 하고, 정말 대단하시네요. 그러면서도 상대방의 잘못은 확실하게 지적하고. 일을 잘하시는 분은 역시 다르네요. 알겠어요, 사과하면 되는 거죠? 거짓말을 해서 죄송합니다, 카미조 과장님. 이제 됐나요?"

"그래⋯⋯, 그 이야기는 거짓말이었구나. 하지만 말이지, 그런 게 아니야. 나는 사과하라고 했어."

"그러니까 사과했잖아요. 대체 뭔데요?"

"내게 사과해서 어쩌게. 나는 말이지, 우시키 양⋯⋯, 자기 자신에게 사과하라는 거야!!"

과장님이 화를 냈다.

나는 이해가 된다.

아마 과장님은 혼낸 게 아닐 것이다.

화를 낸 것이다.

"우시키 양, 네가 이렇게 말했지? 나에 대해 뭘 아냐고. 그래,

151

몰라. 안타깝게도 당신의 모든 것을 안다고 하기에는 시간이 너무 짧았어. 아직 그럴 정도의 관계를 쌓지도 못했고. 그래서 나는 당신에 대해 알지 못해."

"그럼 다 아는 듯이 말씀하지 마시라고요! 번지르르한 소리 늘어놓지 마시라고요! 너는 그렇게 다른 사람을 업신여기는 말을 하는 애가 아니었잖아는 무슨! 실제로 지금 저는 이렇게 당신에게 심한 말을 하고 있어요! 저는 그런 사람이라고요!"

"아니, 그렇지 않아."

"그렇다고요!"

"나는 네가 어떤 사람인지 몰라. 하지만 너는 자기 자신이 어떤 사람인지 잘 알고 있을 텐데!"

"……윽!"

"힘들고, 괴롭고, 어떻게 해볼 수도 없고, 그래서 다른 사람에게 화를 내버리고, 하지만 그런 자신이 슬프고, 그런 자신을 알고 있으니까, 그래서 너는 그렇게 쓸쓸한 듯이 눈물을 흘리고 있는 거잖아!"

뚝뚝, 눈물을 흘리고 있는 오구리에게 과장님은 화내고 있다.

"흐읍……, 저, 저는……."

"너에 대해서는 알지도 못하고, 네가 다른 사람들에게 했던 거짓말도 눈치채지 못했어. 그래도 말이지, 네가 자기 자신에게 하고 있는 거짓말 정도는 알 수 있어. 네가 괴로워하고 있다는 것 정도는 얼굴을 보면 알아."

"카미조 과장님……."

그리고 과장님은 떨고 있던 오구리를 끌어안았다.

"이래 봬도, 부하들을 많이 봐 왔거든. 관리직을 얕보지 말아
줄래?"

"흐으으윽……, 으아아아아아아앙."

오구리는 과장님의 가슴에 얼굴을 묻고 어린애 같은 목소리를
냈다.

"저, 열심히 했어요. 계속, 계속, 노력해 왔다고요. 그런데 전
혀 잘 풀리지 않고, 뭘 하더라도 실패만 하고, 어째서 나는 항상
이러냐고, 결국, 인생을 다시 시작해봐도 바뀐 건 하나도 없고!"

"하긴……, 두 번째 학생 생활을 해봐도 그렇게 간단히 무언
가를 바꿀 수는 없었지. 특히……, 자신을 바꾸는 건 정말 어려
운 일이야. 상사가 내게 그런 기획을 내놓았다면 데이터에 기반
한 확실한 근거를 제시하면서 거부했을 거야. 리스크와 리턴이
안 맞는다고 말이지. ……그래도 말이야, 우시키 양. 나도, 당신
도, 바꾸고 싶다고……, 바꿔주겠다고 노력한 것 자체는 잘못이
아니지 않을까?"

"잘못이라고요……, 노력해봤자 결과가 따라주지 않으면 의
미가 없어요. 그게 사회라는 거잖아요? 저는 몇 번이나 사회에
서 그 사실을 깨달았어요. 과정이 중요하다는 말 같은 번드르르
한 것만 가지고는 살아갈 수가 없어요. ……다들, 그렇게, 자상
하지 않으니까."

오구리는 쥐어 짜내는 듯한 목소리로 절실하게, 호소했다.

"네 말도 맞아. 세상은 그렇게까지 개인에게 자상하지 않지.

자상한 사람만 있는 게 아니야. 그래서 스스로를 지키기 위해 절충해나가야만 해. 그게 어른이 된다는 거고. 하지만 난 깨달았어. 어린애로 돌아와서야 깨달았어. 자상한 사람만 있는 건 분명 아니지만, 자상한 사람도 있다는 걸. 스스로를 바꾸기 위해 노력하는 나를 지켜봐 줄 자상한 사람들이 있고, 첫 번째 학교 생활 때는 제대로 알고 지내지 못했던 그 자상한 사람들이 멋진 친구들이 되어주었어. 그게 의미가 없는 일일까? 바뀌고 싶다는 목적은 달성하지 못했어. 목적은 달성하지 못했지만, 다른 결과가 생겨났지. 결과가 따라준다는 건 말이야, 목표 달성에 대해서만 쓰는 말이 아니거든. 너는 타임 리프를 한 뒤에 계속 노력해왔다고 했었지? 그렇게 노력해온 게 정말로 의미가 없는 일이었니? 진짜로 아무런 결과도 만들지 못했던 거야?"

"흐윽……."

"나와 마찬가지로 멋진 친구가 생겼잖아. 원래는 알고 지내지 않았던 사람들하고 알고 지내게 되었지. 그건 네가 행동한 결과잖아?"

"훌쩍……, 으아아아아앙……."

"그러니까, 그런 식으로 자신을 책망해선 안 돼. 자신을 업신여기면 안 돼. 너에게 자상하게 대해준 사람들처럼, 제대로, 자신에게 자상해져야 해, 우시키 오구리 양."

"으아아앙……, 죄송해요……, 카미조 과장님……, 죄송해요."

"나야말로, 미안해. 네가 괴로워한다는 걸 곧바로 눈치채주지 못해서."

나는 가끔 과장님이 바보인가 하고 생각할 때가 있다.

자상한 사람들에 대해 열변을 토하면서도 그 누구보다 자상한 사람은 본인이니까.

아야카 씨……, 당신 따님은 성실하고, 겁이 많고, 섬세하고, 어머니인 당신에게는 걱정만 끼치는 딸일지도 모르겠지만……, 당신의 의지를 확실하게 이어받은 어엿한 어른, 존경할 수 있는 상사가 되었어요.

한동안 계속 울던 오구리는 조금 진정이 된 건지 과장님의 가슴에서 얼굴을 든 다음, 혼자서 일어섰다.

"카미조 과장님은……, 시모노 선배를 좋아하시는 거죠?"

"그래, 좋아해. 네가 얼마나 나나야 군을 마음에 두고 있고, 얼마나 괴로운 심정이었는지는 알겠어. 하지만, 내게도 양보할 수 없는 게 있거든."

"완벽 초인인 카미조 과장님이 적이라니, 제게는 처음부터 승산이 없었던 거잖아요……, 정말."

"우시키 양, 아까부터 나를 정말 높게 평가해주고 있는 것 같은데, 너무 과대평가 아닐까? 나는 그렇게 대단한 사람이 아니야."

"그렇게 예쁜 얼굴이랑 모델 같은 몸매를 지니고 있으면서 용케도 그런 말씀을 하시네요!"

"그, 그러니까, 그게 과대평가라는 거야! 애초에 네가 더 여자애스럽고 귀엽잖아!"

"저는 타임 리프 이후부터 사회인 시절에 갈고닦았던 기술로 귀여워지려고 노력했다고요! 천연 소재랑 똑같다고 생각하지 마세요!"

"천연 소재라니……, 사람을 무슨 원자재처럼!"

어……, 좀 전까지 괜찮은 분위기였는데, 왜 또 싸우기 시작한 거야? 역시 애초에 상성이 안 좋은 건가? 견원지간 같은 거야?

"애초에 일반인은 스물여덟 살에 과장을 달지 못한다고요! 능력이 좋아도 계장이 한계죠! 아, 카미조 과장님, 혹시 사실 몇 번이나 타임 리프를 해서 인생 10회차 같은 거 아닌가요?!"

"그렇게 마음대로 타임 리프를 할 수 있었다면 이렇게 고민하지도 않았겠지! 나는 네 생각보다 겁이 많고 글러먹었다고! 그리고, 그 왜, 그거야. 관심종자잖아?! 네게 그런 말을 듣고 나서야 요새 했던 말과 행동을 객관적으로 보게 돼서, 지금 엄청 창피해 죽을 것 같으니까! 구멍이 있다면 들어가고 싶은 심정이야! 아니, 없어도 팔 거야! 내가 직접 파고 들어갈래!"

"이쪽도 파보겠다는 건가요? 뭐죠? 저번 오프라인 모임 때 사콘지 선배가 오타쿠 노래를 예습해온 걸 보고 자기도 오타쿠 문화에 다가가려는 속셈인가요? 그런 구석은 참 빈틈없네요! 당신이 이쪽으로 와버리면 이제 제 아이덴티티가 없어진다고요! 리얼충하고 오타쿠 구분 정도는 해주세요!"

"무슨 말인지 하나도 모르겠다고!"

아니, 난 이제 돌아가도 되지 않을까. 추운데. 손가락 감각이 없어지기 시작했다고.

"아무튼! 저는 사과했으니까, 만약 앞으로도 당신하고 시모노 선배가 가까워지려 하면 아랑곳하지 않고 방해할 테니까요!"

"뭔가 엄청난 선전포고를 받았는데!"

"그럼, 이제 전 돌아갈게요! 아, 같이 돌아가면 화해해서 사이좋게 지내게 된 것처럼 보일 테니까 카미조 과장님은 조금 이따가 돌아와 주세요. 저는 불량학생처럼 주먹으로 대화하는 우정 같은 거 싫어해서요."

"아……, 알겠어."

결국, 최종적으로는 오구리가 우위를 점하는구나. 상성이 안 좋다고는 해도 오구리가 불꽃 타입이고 과장님이 얼음 타입인 건가? 그러고 보니 과장님은 주임 시절에는 얼음 주임이라고 불렸던 것 같다.

그런 과거 이야기를 떠올리고 있자니 오구리가 성큼성큼 입구 쪽으로 다가왔다.

이런, 먼저 나가지 않으면 들킬 텐데. 하지만 이미 때는 늦었다. 다가온 오구리가 기둥 뒤에 숨어있던 나를 발견했고, 눈이 마주쳤다.

"……아, 안녕."

"……여자들의 이야기를 훔쳐 듣다니, 변태시네요."

"죄송합니다……."

"에휴……. 제가 제대로 사과할지 정찰하러 오신 거겠죠. 정말, 시모노 선배는 성격이 급하시네요."

"아하하, 다 들켰나."

"걱정할 필요 없는데. 제대로 사과했잖아요?"

결과적으로는 말이지! 너, 처음에는 사과할 생각 전혀 없었잖아!

"시모노 선배, 듣고 있었다면 이제 숨기는 것 없이 전부 말할 건데요. 문화제 날, 카미조 과장님이 옥상에 오지 않았던 이유, 그건 제가 거짓말을 했기 때문이에요."

"……뭐, 두 사람 이야기를 듣다 보니 대충 짐작은 되더라."

"사실은 카미조 과장님이 은행나무 아래에 왔었어요. 연애 성취 소문을 믿고 고백이라도 하려던 거였겠죠. 저래 봬도 의외로 로맨틱하네요, 저 사람."

그 은행나무 아래에서 고백한 네가 할 말이야?

"시모노 선배, 이거요."

오구리가 그렇게 말하며 내게 내민 것은 좀 전에 선물로 줬던 반지 달린 목걸이였다.

"돌려드릴게요. 사실은 카미조 과장님께 드리고 싶었죠?"

나는 그걸 받아들고 천천히 바라보았다.

그리고 다시 오구리의 손에 목걸이를 올려놓았다.

"이건, 오구리에게 준 거야."

"어……, 그래도……, 줬다고 해야 하나, 제가 멋대로 빼앗은 것뿐인데요."

"사실, 나는 이걸 너 아니면 과장님, 누구에게 줘야 할지 망설이고 있었으니까. 준 거나 마찬가지야."

"……."

오구리는 눈을 내리깔고 목걸이를 바라보았다.

"오구리, 다시 말할게. 나는 네 마음에 답해줄 수가 없어. 나는 역시 카미조 토우카를 좋아해. 하지만, 타임 리프를 해서 너와 다시 만나길 잘했다고 생각해. 원래 시대에서 그냥 사회인 생활을 하기만 했다면, 나는 속 편하게 출퇴근만 반복하면서 오구리의 존재도 눈치채지 못했을 거야. 내가 얼마나 행복한 사람이었는지, 그 사실을 눈치채지 못했을 거라고."

"그게 보통인 거죠……. 어른이 된다는 건 원래 그런 것 같아요."

"그러게, 나도 그렇게 생각해. 그렇기 때문에 학생 시절로 돌아와서 나오나 오니키치와 다시 만나고, 비와코 선배하고 만나고, 과장님하고 사이좋게 지내고……, 그리고 네게 다시 고백을 받고……, 어른이라는 건 잊어선 안 되는 걸 잔뜩 잊어가는 거라는 사실을 알 수 있었어."

"시모노 선배……."

"오구리, 고마워."

나는 그녀에게 고개를 숙였다.

사회인 시절, 셀 수 없을 정도로 많이 숙여온 이 고개지만.

그 어떤 때보다, 몇 배나 오랫동안 계속 숙이고 있었다.

오구리가 있는 힘껏 내게 마음을 전해준 것처럼, 나도 그녀에게 고마움을 전하고 싶었으니까.

"이제 됐어요, 시모노 선배. 그럼, 이건 감사의 마음으로 받아둘게요."

그렇게 말한 그녀는 내게서 목걸이를 받아들었다.

아무래도 우리는 뭘 해도 두 번 반복해야 성이 차는 모양이다.

"카미조 과장님도, 다른 여자에게 준 선물을 받아봤자 기쁘지 않을 테니까요."

"아하하, 엄하구나, 오구리."

"저는 원래 이런 성격이라서요."

오구리는 눈이 빨개진 채 장난기 어린 미소를 지었다.

"나중에 네게 더 멋진 사람이 나타나면, 그 반지에 둘이서 이름을 새기도록 해."

"이런 선물은 접수 기간 같은 게 정해져 있다고요. 가게에서도 그렇게 계속 기다려줄 리가 없잖아요."

"아, 그렇구나……, 미안해, 난 그런 걸 잘 몰라서."

"정말……, 그래서 괜찮으시겠어요? 시모노 선배, 이제 카미조 선배에게 고백할 생각이잖아요?"

"그것도 눈치채고 있었구나."

"당연하죠. 오히려 이렇게 꼴사나운 모습을 보여주고 차이면 전 기쁘겠지만요."

"자, 잠깐만……, 재수 없는 소리 하지 말라고."

"흥, 미리 말해두지만 말이죠. 저는 딱히 당신들 사이를 응원한다고 한 게 아니에요. 두 분이 사귄다 하더라도 계속 방해해줄 거니까."

오구리는 그렇게 말하며 내게 등을 돌렸다.

"고마워, 열심히 해볼게."

그녀는 내 말에 대답하지 않고 실내로 통하는 유리문을 열고는 회장으로 돌아갔다.

그런 오구리를 실망시키지 않기 위해서라도 내가 남자다운 모습을 보여야만 한다.

크리스마스이브……, 시추에이션으로 따지면 최고잖아.

자, 이번에야말로 카미조 토우카에게 고백하자.

제5장 █ 시모노 나나야와 카미조 토우카

Why is
my strict
boss
melted
by
me ?

"토우카는 기특하구나." "토우카는 똑똑하구나." "토우카는 예의가 바르구나."

어렸을 때부터 칭찬받는 경우가 많았다. 사실 겁이 많은 나는 혼나는 게 싫어서 주위 사람들의 기분이 상하지 않을 행동만 했을 뿐인데, 신기하게도 그게 좋은 평가로 이어졌다.

칭찬받는 것을 싫어할 사람은 없을 것이다.

물론 나도 예외가 아니었고, 그럴 때마다 기뻐져서 또 칭찬받고 싶다는 마음에 다양한 노력을 했다. 특히 노력한 것은 학업이다.

어머니가 미용사인데도 불구하고 아버지를 닮은 건지, 나는 손재주가 없었기에 그쪽 길로는 나아가지 않고 공부를 열심히 했다. 그 덕분에 좋은 성적을 거둘 수 있게 되어 칭찬받는 경우가 더 늘었다.

칭찬받는 건 기쁘다. 말은 그렇게 했지만, 그러면서도 기뻐하는 걸 주위 사람들이 알게 되면 왠지 꼴사나운 것 같아서 감정을 드러내지 않으려 했다.

그랬더니 저 애는 겸손하고, 항상 냉정하고 착실한 애라고 다른 쪽으로 높은 평가를 받게 되었다.

내 글러먹은 부분을 숨김으로써 높은 평가를 받게 된 위화감에 약간 당황했다. 그래도 노력을 하는 것 자체는 딱히 나쁜 게 아니라 생각하며 그 이후로도 필사적으로, 주위 사람들에게는 기특하게 보이는 카미조 토우카를 유지해 왔다. 당연하게도 어머니에게는 전부 들켰지만.

인간이라는 건 재미있게도 자신이 해온 행동이 그대로 결과가 되어 인격을 형성해 가는 법인가 보다. 본질적으로 겁이 많고 기가 약한 내면은 바뀌지 않았음에도, 지식이나 경험을 기반으로 강한 의지를 지닌 확고한 자아를 손에 넣게 되었다. 오빠 말로는 이게 이른바 셀프 매니지먼트라고 한다. 인간의 정신은 하나의 조각으로 완성되는 것이 아니며, 선천적인 인격을 토대로 여러 조각을 얻어서 일정한 위치에 고정시킨다. 그것이 항상 변동하며 흔들흔들 균형을 유지하지 못하는 시기도 자주 생기지만, 얻은 조각이 많을수록 자신이라는 이름의 그릇에 더욱 안정적으로 자리 잡는 것이다.

그래서 나는 딱히 지금의 나 자신을 비하할 생각이 전혀 없다.

서투르고 겁이 많고 기가 약한 나 자신이 싫어질 때도 있긴 하지만, 그래도 지금의 나에 대해 후회할 정도로 잘못된 인생을 살아오지는 않았다는 자부심을 가지고 있다.

그 정도로 열심히 살아왔다.

단 한 가지를 제외하고.

나는 인생을 살면서 많은 조각들을 얻었다.

하지만, 전혀 그러지 않았다고 해도 될 정도로 손을 뻗지 않은 장르의 조각이 있다.

연애다.

내가 그 조각을 한 번도 건드리지 않은 건 당연한 결과다.

왜냐하면 그 조각은 따로 파는 팩으로 진열되어 있었으니까.

아무리 다른 조각을 모은다 하더라도 따로 파는 상품이니 우선 그 팩을 사야 안에 들어있는 조각을 만져볼 수 있다.

물론, 진열되어 있다는 사실 자체는 알고 있다.

금방 손에 닿는 곳에 있다는 것도 이해하고 있다.

그렇다면 어째서 나는 그 팩에 손을 대지 않았던 걸까.

몇 번이나 반복해서 말했듯이, 겁이 많기 때문이다.

인격을 형성하는 토대가 되는 부분은 조각이 쌓이면서 점점 아래쪽으로 묻혀 잘 보이지 않게 되지만, 그게 흔들리면 모든 조각이 단숨에 무너지게 된다.

다시 말해 어른이 되어갈수록 잊히는 부분이라 해도, 정작 중요할 때는 어떤 조각보다 영향력이 크다는 것이다.

자신을 바꾼다는 것은 그 토대를 바꾸는 것.

그게 얼마나 어려운 일인지 이젠 알겠지.

말로 하는 건 간단하지만, 그걸 깔끔하게 해낼 수 있는 사람은 별로 없을 것이다.

게다가 나처럼 토대를 감추기 위해 필요 이상의 조각으로 인격을 안정시켜버린 사람은, 우선 제일 아래에 묻힌 토대에 도착해 건드리는 것 자체가 힘든 일이다.

솔직히 토대의 형태를 바꾸는 건 이제 불가능에 가깝다. 그렇다면 적어도 색만이라도 바꿔보자고 소원을 빈 것이 이번 타임 리프의 발단이다.

하지만 '색만이라도'라고 간단하게 생각했던 것이 잘못이었다.

뭐, 잘 풀리지 않는다. 잘 풀리지 않는다.

그럴 만도 하다.

나는 서투르니까.

서투른 사람이 도장 작업을 깔끔하게 해낼 수 있을 리가 없는 것이다.

어떤 색이 나을까? 어디부터 칠하는 게 나을까?

그런 단계에서 발목이 붙잡혀 있다.

정신을 차리고 보니 벌써 반년이라는 세월이 지나가 있었다.

그렇게 당황스러워하던 와중에 나와 토대가 정말 많이 닮은 애가 나타났다.

우시키 오구리 양이다.

그녀는 나와 닮은 데다 정말 겁이 많아 보였다.

하지만 결정적으로 나와 달랐던 것은, 연애의 조각이 든 팩을 집어 들었다는 점이다.

첫 번째 중학생 시절 때 나나야 군에게 고백했고, 그 사랑이 이루어지지 않았는데도 다시 처음부터 시작하려고 타임 리프를 한 뒤에도 노력해 왔다. 본인에게 그렇게 들었다.

그 기간은 거의 2년 정도라고 한다.

반년 만에 힘들어한 나 자신이 한심하다.

그녀는 울면서 내게 아무것도 바꾸지 못했다고 했다.

우리는 겁이 많은 자기 자신을 간단히 바꾸지 못하는 건지도 모르지만, 그럼에도 불구하고 그녀는 나 같은 사람보다 한 발짝, 두 발짝 앞서서 계속 노력해왔다.

그런 우시키 양을 보고 나는 아직 멀었다는 사실을 뼈저리게 느꼈다.

뭐, 나도 따로 파는 연애 팩에 손을 뻗으려 했지만 그 팩에는 연애 조각이 들어 있지 않다는 거짓말을 당하고, 그녀에게 직접 방해당한 부분도 사실 있다고 하면 있긴 하지만, 지나간 일이니 굳이 따지진 말자.

결국, 우리는 닮은 꼴인 것이다.

그래서 같은 사람을 좋아하게 되었다.

그리고 겁이 많은 우리가 어째서 같은 사람을 좋아하게 된 건지, 나는 알고 있었다.

시모노 나나야는 그런 겁이 많은 우리를 인정해주기 때문이다.

주위 사람들에게 멋지다고, 일을 잘한다고, 머리가 좋다고 칭찬받으면서도 진정한 부분, 다시 말해 토대가 되는 진짜 나를 글러먹었다고 인식했는데. 필사적으로 숨기려 했는데.

그만큼은 왠지 모르겠지만 그런 부분을 꿰뚫어 보고, 그것까지 통째로 인정해주었다.

이렇게 엄하고 무서운 여자를, 몇 번이나 구해주고 지켜주었다.

마치 내가 공주님이 된 것처럼.

그런 왕자님을 만나 사랑에 빠지지 않을 소녀가 있을까.

이렇게 분석해보니 나와 우시키 양은 정말 쉽게 넘어가는 공주님이었구나.

뭐, 상관없잖아.

단 한 번뿐인 인생.

단 한 번뿐인 인생이었을 텐데, 두 번째 인생.

연애 조각이 들어있는 공주님 팩에 손을 내민다 하더라도 뭐라고 할 사람은 없다.

나는 이제야 그 용기를 손에 넣은 것 같다.

아마, 우시키 양이 2년에 걸쳐서 필사적으로 다시 칠한 토대를 보고 따라 하고 싶어졌나 보다.

그녀에게 용기를 받았다.

그러니까, 카미조 토우카는 공주님답게 귀여운 분홍색으로 토대를 다시 칠하고, 처음으로 연애 조각을 끼워 넣을 거예요.

크리스마스이브의 추운 하늘 아래. 나는 오픈 테라스 벤치에 앉아서 스마트폰을 꺼냈다.

지금 나나야 군을 불러내자.

이번 한 달 동안 폭주했던 것도 사과해야 해.

계속 도망쳐 다닌 데다 밉다는 말까지 해버렸으니까.

우시키 양이 말한 대로, 떼를 쓰며 관심을 끌고 싶어 하는 유치원생 같았다. 관심종자라고 했나? 솔직히 빙고도 몇 번이나 해본 적이 있는데 모르는 척하면 나나야 군이 평소처럼 태클을 걸어줄 거라 생각해서 그랬다.

지금 생각해 보니 엄청나게 창피한 짓이었네.

아~, 역시 전화 걸지 말까!

진짜, 엄청 창피해지기 시작했는데!

응, 그만두자!

몰라!

정신의 토대라든가 인격이라든가, 오빠가 말한 심리학 같은 이야기를 늘어놓긴 했는데, 난 몰라!

그만둬, 그만둬!

상관없어!

겁이 많아도 괜찮다고!

창피한 건 창피한 거지!

이게 카미조 토우카라고!

몰라, 몰라, 몰라!

몰라……, 그래도 이래선 우시키 양에게 면목이 없으니까 일단 눈을 감고 통화 버튼만 누르자!

나는 연락처 목록에서 나나야 군의 번호를 띄워둔 채 두 눈을 감고, 통화 버튼이 있는 곳 근처를 터치했다.

이제 어찌 되든 난 모른다.

받으면 받는 대로, 그때 가서 생각하자.

그렇게 생각한 순간. 테라스 입구 근처에서 띠리리리리리, 하는 휴대폰 착신음이 울렸다.

조용했던 테라스에 갑자기 전자음이 울리자 무심코 몸을 일으켜버렸다. 나는 움찔거리며 그 소리가 울린 곳을 보았다.

기둥 안쪽에서, 정장을 입은 남자가 모습을 드러냈다.

이 녀서억……, 언제부터 있었던 거냐고오…….

시모노 나나야가 거기에 있었다.

"에, 에헤헤."

쑥스러운 듯이 웃으며 이쪽을 보고 있었다.

나는 스마트폰 화면을 보고 통화를 끊었다.

울려 퍼지고 있던 착신음이 딱, 멎었다.

이 녀서억…….

뭐가 어찌 됐든, 크리스마스이브의 밤.

시모노 나나야와 카미조 토우카가 마주 보았다.

◆

오구리가 회장 쪽으로 돌아가고 나서 곧바로 안쪽 주머니에 넣어두었던 휴대폰이 울렸다. 재킷 틈새로 새어 나온 착신음이 싸늘한 공기를 타고 어두운 밤에 울렸다.

"이런."

안쪽 벤치에 앉아 있는 과장님 귀에도 분명히 들렸을 텐데.

곧바로 휴대폰을 열어서 상대를 확인했다.

과장님이었다.

천천히 기둥에서 한쪽 눈만 내밀어 과장님을 보니, 역시 스마트폰을 쥐고 있었다. 아니, 눈을 감고 있다. 어째서?

과장님이 눈을 뜨고 이쪽을 보았다. 뭐, 소리가 나는 곳을 찾아보면 그렇게 되겠지.

어쩔 수 없다.

"에, 에헤헤."

나는 바보처럼 억지 웃음을 지으며 기둥에서 몸을 내밀었다.

내 모습을 본 과장님이 스마트폰을 터치했다. 착신음이 멎은 휴대폰을 다시 안주머니에 넣고, 나는 천천히 과장님 쪽으로 걸어갔다.

"저, 저기……, 여기, 앉아도 될까요?"

과장님이 앉아 있던 긴 벤치 반대쪽을 손가락으로 가리키며 내가 말했다.

"……그래."

사람이 한 명 앉을 수 있을 정도의 공간을 비워두고, 나와 과장님이 벤치 양쪽 끝에 앉아 앞을 보았다.

잠시 침묵이 이어진 다음, 처음 입을 연 사람은 과장님이었다.

"언제부터 있었어?"

나는 어떻게 대답할지 잠시 고민하다가 솔직하게 대답하기로 했다.

"오구리가 여기 왔을 때부터요."

"그래……."

혼날 걸 각오하고 말했는데, 과장님의 대답은 딱히 신경 쓰지 않는 듯한 느낌이었다.

"오구리가 다른 사람들에게 저하고 사귄다는 식으로 거짓말을 한 것 같아서요. 그리고 제가 그 사실을 알지 못해서 왠지 일이 복잡해져 버렸네요. 죄송합니다……. 좀 전에 모두의 오해가 풀려서 오구리에게 과장님께 직접 사과하라고 했는데……, 조금 신경 쓰여서 와본 거예요."

"나나야 군답네."

"죄송합니다."

나는 평소처럼 과장님에게 사과했다. 하지만 평소와는 달리 그녀의 얼굴을 바라볼 수가 없었다.

"나야말로, 저번에는 계속 도망쳐 다닌 데다 심한 말까지 해 버려서 미안해."

"아뇨, 아뇨, 그때 과장님이 혼란스러워하시던 건 저도 아니 까요."

"혼란스러워했더라도 나 자신의 의지야. 나, 관심종자거든. 좀 전에 우시키 양이 그랬잖아?"

"아뇨, 관심종자라는 표현이 적절한지 어떤지는 모르겠지 만……."

"배려해주지 않아도 괜찮아. 우시키 양의 설명으로 감이 딱 왔으니까."

"아하하……."

이건 과장님 나름대로 꺼낸 자학 개그인가? 얼굴을 볼 수가 없어서 모르겠다.

"한 가지만……, 물어봐도 될까?"

"네."

"문화제 날……, 은행나무 아래에 와주지 않았던 이유는 뭐야?"

아, 그렇구나. 과장님 마음속에서는 내가 약속을 어긴 걸로 되어 있는 건가? 오구리를 나쁜 사람으로 몰아가는 것 같아서 미안하지만, 지금은 진실을 전해야겠다.

"오구리가 과장님이 옥상에서 기다린다고 했거든요. 그래서 옥상에 가 있었어요."

"아, 그렇구나, 그래서……. 아하하, 그 애, 정말로 이런저런 책략을 짜면서 노력했구나. 약간 감탄할 정도야."

"뭐, 노력해준 건 기쁘지만요, 다른 사람의 연애를 방해하는 책략을 짜는 건 딱히 칭찬받을 일이 아닌 것 같은데요."

"……여, 연애 말이지."

아, 이런. 자연스럽게 말해버렸는데, 지금 어떤 태도를 보여야 하는 거지? 아까 두 사람이 하던 이야기를 들은 이상, 내가 과장님의 마음을 알아버렸다는 건 본인도 이해하고 있을 텐데.

반대로 과장님은 어떨까. 내가 과장님을 좋아한다는 걸 눈치채고 있을까?

아니, 확신하진 않더라도 어느 정도는 알고 있겠지.

우리는 이러쿵저러쿵하면서도 서로 호의를 품고 있다는 사실을 대충 눈치채고 있었고, 그러면서도 그럴 리가 없다며 완전히 믿지는 못하고 있었다. 그렇게 지금까지 엇갈리기만 하다가 오구리가 사이에 끼어서 더욱 복잡해진 것이다. 하지만, 이제 이런 상황까지 되었으니 아무리 연애가 서투른 우리라도 눈치를 챌 수밖에 없다.

오히려 이런 상황에서 서로의 마음에 눈을 돌린다면 그거야말로 오구리에게 실례가 되는 짓이다.

나뿐만이 아니다.

우리는 바뀌어야만 한다.

계속 이렇게 애매한 관계를 이어가서는 안 된다.

"그날……, 6월, 둘이서 술을 마시러 갔던 날……, 기억하시나요?"

"물론, 기억하고 있지."

우리의 타임 리프는 그날부터 시작되었다.

둘이서 갔던 신사.

오구리가 타임 리프를 한 계기도 낯선 신사가 눈앞에 나타난 거라고 한다.

그 신사에서 나는 어떤 소원을 빌었다.

"그때, 과장님하고 사당 앞에 나란히 섰을 때, 저는 이런 소원을 빌었어요."

"……."

"만약에 그 사람과의 만남을 처음부터 다시 시작할 수 있다면, 옆에 나란히 서도 어울릴 만한 남자가 될 수 있게끔 노력하고 싶다고……요."

"그 사람이라면, 동경하는 사람 말이야?"

"네."

"그래……."

"저, 사실은 첫 번째 고등학교 시절부터 과장님을 알고 있었어요. 학생회 선거 날부터 계속, 과장님을 동경했고, 사회인이 되어서 다시 만난 뒤로도 그 감정은 변하지 않았죠."

나는 벤치에서 일어나 과장님 앞으로 다가갔다.

그리고 그녀의 얼굴을 똑바로 바라보며 말했다.

"카미조 토우카 씨, 제가 동경하는 사람은 당신이에요."

과장님도 내 시선을 마주 봐주었다.
테라스의 조명이 그녀의 눈동자에 반사되었다.
그 빛나는 눈동자를 바라보며 나는 말을 이었다.
"하지만, 지금은 동경하는 사람이 아니에요."
"어……?"
"이제, 동경하는 사람 같은 게 아니라고요."
"……나나야 군."
"왜냐하면, 제 눈앞에는 토우카 씨가 있으니까요. 고등학교 시절에 동경하던 선배가 아니에요. 엄하고, 존경할 수 있고, 절벽 위의 꽃 같고, 손에 닿지 않는 곳에 있는 줄 알았던 상사인 과장님도 아니에요. 제 눈에는 이번 반년 동안 함께 즐거운 청춘 시절을 지내온 당신이, 분명히 있어요. 옆에 나란히 서기에 어울린다거나, 격이 맞는 남자가 되겠다거나, 이제 그런 건 상관없어요. 저는 그저, 그저, 당신을 정말 좋아할 뿐이에요. 언젠가 청춘을 즐기고 싶어서 타임 리프를 해왔다고 했었죠? 그렇다면 저는 이렇게 말할게요. 저와……, 저와 두 번째 청춘을 즐겨주세요!"

나는 있는 힘껏 내 마음을 쏟아내며 떨리는 오른손을 토우카 씨 앞으로 내밀었다.

이 손을 그녀가 잡아줄 거라는 보장은 어디에도 없다.

하지만, 그래도 상관없다.

좋아하는 사람에게 좋아한다고 말하지도 못한 채 끝나는 청춘.

그런 후회는 한 번만으로도 충분하다.

아쉬움은 남기지 않을 것이다.

그러기 위해 나는 이렇게 고등학교 생활을 처음부터 다시 시작해서 지내고 있는 거니까.

"시모노 나나야 군."

그녀가 내 이름을 부르며 일어섰다.

"당신은 터무니없는 걸 하나 잊고 있어."

"터, 터무니없는 거요……?"

토우카 씨가 진지한 눈빛으로 말했다. 무슨 생각을 하고 있는 건지 전혀 파악할 수 없는 표정이다.

"나오가 참가했던 이 시대의 학생회 선거, 그 다음 날 말이야. 나는 말이지, 확실하게 소리 내어 말했어. 당신도 들었을 거야. 하지만, 바보처럼 머리를 부딪혀서 기억하지 못했어. 잊어버렸다고."

……어라? 왠지 화난 것 같은데?

"나는 훨씬 전에 당신에게 말했어. 계속, 계속, 생각하고 있던 걸, 당신에게 말했다고!"

토우카 씨는 평소처럼 매 같은 눈빛으로 나를 노려보았다.

그녀는 내 오른손을 맞잡아주지 않았다.

그런 건, 당연할 수밖에 없다.

왜냐하면———.

"나는 정말 좋아하는 나나야 군과, 둘만의 청춘을 다시 시작하고 싶어!"

내 오른손 같은 건 거들떠보지도 않고 내 몸을 끌어안았기 때문이다.

"과, 과장님, 숨 막혀요."

"정말! 이럴 때까지 과장님이라고 부르지 마!"

"죄송합니다……."

끌어안고 있는 그녀의 얼굴은 보이지 않지만, 정말 예쁜 미소일 거라는 건 굳이 보지 않아도 알 수 있다.

"아, 그래도 정정할 게 있네."

"정정……?! 저, 사귄 지 10초 만에 차이는 건가요?!"

"바보 아니야……? 정말. 단둘이서 청춘을 즐기는 게 아니라 모두와 함께 청춘을 보내고 싶어……."

"……물론이죠. 나오도, 오니키치도, 비와코 선배나 오구리도."

"응……. 다 함께 이 두 번째 청춘을 즐기자."

"네, 토우카 씨."

"자, 잠깐만, 이름으로 부르면 부끄러운데."

"정말, 어쩌라는 거예요!"

"아하하."

나는 토우카 씨의 어깨에 손을 얹고 천천히 그녀의 얼굴을 보았다.

그녀에게는 밤이 정말 잘 어울린다.

우리는 누가 먼저라고 할 것도 없이, 신기하게도 동시에 밤하늘을 올려다보았다.

토우카 씨가 작은 목소리로 중얼거렸다.

"눈……."

"네……."

"안 내리네."

"그러게요!"

"예보에서는 오늘 밤에 내린다고 했었잖아!"

"네. 저도 오니키치에게 들었어요! 오늘 밤, 화이트 크리스마스가 될 거라고요!"

"지금 이런 분위기에서 눈이 내렸다면 최고로 멋졌겠지!"

"평생 잊지 못할 추억이 됐을 거예요!"

"엄청나게 맑잖아!"

"오히려 달이 환하게 빛나고 있는데요!"

"정말. 매번 매번, 여차할 때 대충 넘어가는 신이네! 그럼, 그거 말해줘. 대신, 그거 말하라고."

"어라? 그게 뭔데요?"

"그 왜, 달이 빛나고 있잖아?"

"……아, 그렇군요. 촌스럽지 않나요?"

"촌스럽지 않아!"

"토우카 씨는 정말 소녀시네요."

"소녀라고 하지 마!"

"달이 예쁘네요."

"좀 더 뜸을 들였다가 말하라고!"

"주문이 많네에."

"이상하잖아!"

단둘이 좋은 분위기를 잡다가 이렇게 말다툼을 하는 건 우리 뿐이겠지.

"아하하."

"뭘 그렇게 웃는데."

"역시 토우카 씨하고 이렇게 함께 있는 게 제일 즐거워서."

"……윽! 당신은 정말 천연덕스러운 제비구나."

"어? 그런 말은 들어본 적 없는데요."

"자각하지 못하는 게 무섭네. 그런 식으로 많은 여자들을 두근거리게 만들면서 바람피우면 용서하지 않을 거야."

"무섭네……. 엄한 여자 상사인 면은 여전한가?"

"뭐라고?"

"흐엑, 죄송합니다."

그렇게 이야기를 계속 나눠봐도 눈은 역시 내리지 않았다.

"현실은 드라마처럼 잘 풀리지 않는구나."

"뭐, 어디까지나 예보니까요. 세상에는 무슨 일이 일어날지 모르는 것투성이라고요."

"미래는 알 수 없는 건가……."

"타임 리프를 한 직후에도 그런 이야기를 했었죠."

"그랬나?"

"그래요."

아무리 과학 기술이 진보하고, 머리가 좋은 사람들이 잔뜩 모인다 하더라도, 미래를 완전히 예측하는 건 힘들다.

타임 리프 같은 치트를 쓰더라도 모든 것이 첫 번째 역사와 똑같을 거라는 보장은 없다.

그래서 인생이 재미있는 건지도 모르겠다.

그래서 내가 세상에서 제일 소중한 사람과 맺어지게 된 건지도 모르겠다.

미래는 자신의 손으로 쟁취하는 것이다. 그 신사는 그 사실을 가르쳐준 것 같다.

"갈까요, 토우카 씨."

그래서 나는 이 손을 내민다.

"응, 나나야 군."

그리고 그녀는 이 손을 잡는다.

그리고 걸어가는 것이다.

부하와 상사로서가 아니라.

시모노 나나야와 카미조 토우카로서.

제6장 │ 고등학생들의 청춘

Why is
my strict
boss
melted
by
me?

크리스마스로부터 한 주가 지나 새해를 맞이한 1월 3일 아침.

세면장에서 머리카락을 세팅하고 있자니 양치질을 하러 온 여동생 코후유가 불쾌한 듯한 표정을 지으며 거울 너머로 나를 보았다.

"또 과장님하고 데이트하러 가?"

"데이트라기보단, 새해 참배라고."

"섣달 그믐날에도 둘이서 외출했었잖아."

"그때는 같이 소바를 먹었을 뿐이야. 금방 집에 왔잖아?"

"새해 참배라면 코후유도 같이 가도 되는 거지?"

"아니, 너는 오늘 오구리하고 놀기로 약속했잖아."

"그렇긴 한데……."

"내 데이트를 방해하는 거랑 스승님, 어느 쪽이 더 중요해?"

"아, 데이트라고 했어!"

"자, 고르라고."

"크윽……, 스승님을 고를래."

이 녀석은 오구리를 정말 좋아하니까.

뭐, 오빠로서는 친한 친구가 늘었다는 것 자체가 기쁘긴 하지만 S기질을 10년 이상 일찍 깨우치게 해준 게 오구리라고 하니까 좀 그렇다. 무슨 짓을 하면 그렇게 되는지는 모르겠지만 깨우치게 한 이상, 책임지고 코후유를 돌봐주지 않으면 곤란하다. 부탁한다, 오구리.

그런 생각을 하고 있자니 현관 쪽에서 초인종이 울렸다.

"이런, 벌써 시간이 이렇게 됐나?"

나는 급하게 손에 묻은 왁스를 씻어내고는 거실의 인터폰을 받았다.

"네!"

『카미조예요.』

"토우카 씨, 지금 나갈게요!"

나는 곧바로 내 방으로 돌아가 보라색 다운 재킷을 걸치고 나서 후다닥, 현관으로 향했다.

"나나야, 시끄러워!"

거실에 있던 어머니가 주의를 주었다.

"미안! 새해 참배 좀 다녀올게."

"뭐야~? 또 토우카하고? 러브러브구나~."

"시, 시끄러워."

"너무 늦진 마라~."

"그래~, 다녀오겠습니다!"

거실 쪽으로 소리친 다음, 급하게 운동화를 신고 곧바로 현관을 나섰다.

바깥으로 나가자 싸늘하고 맑은 공기 속에서 밝은 햇빛이 스며들고 있었다.

"오래 기다리셨죠."

그런 시원하게 맑은 하늘 아래, 예쁜 후리소데를 입은 토우카 씨가 기다리고 있었다.

"그렇게 급하게 나올 필요는 없는데."

"아뇨, 아뇨, 과장님을 기다리게 할 수는 없죠."

"아, 또 과장님이라고 하네."

"아, 죄송합니다. 토우카 씨를 기다리게 할 수는 없으니까요."

"정말, 그 부하 기질은 시간이 지나도 여전하구나."

"에헤헤."

나는 현관문을 닫고 토우카 씨 옆에 나란히 섰다.

"토우카 씨, 후리소데 예쁘네요."

"그래, 그래, 정말, 정말, 툭하면 그런 소릴 한다니까. 다른 사람한테도 다 그러지?"

"네? 토우카 씨에게만 하는데요!"

"정말로?"

"정말이에요!"

"에헤헤, 고마워."

귀여워!

"나나야 군, 손이 쓸쓸한데."

귀여워! 귀여워! 귀여워!

"여, 여기요."

내가 살며시 오른손을 내밀자 토우카 씨가 폴짝폴짝 뛰면서 부드러운 손을 겹쳤다.

"정말, 뭘 그렇게 쑥스러워하는 거야."

귀여워!

"토, 토우카 씨는 아닌가요?"

"조금, 쑥스러워. 에헤헤."

귀여워! 귀여워! 귀여워!

아, 이게 꿈에서까지 보았던 토우카 씨와의 데이트.

꿈에서까지 보았던 내 여자친구.

젠장~!

행복하다~!

"왠지 괴로운 듯한 표정인데, 왜 그래?"

"아뇨, 너무 행복해서요. 그걸 곱씹기 위해서 이를 악물고 있을 뿐이에요."

"정말……, 당신도 참."

아침부터 최고의 기분을 맛보며 우리가 향한 곳은 집 근처에서 유명한 큰 절이다.

절에 도착하자 역시 새해라 그런지 많은 참배객들로 붐비고 있었다.

"사람이 엄청 많네."

"그러게요."

아직 오전 10시인데 문부터 본전까지 이미 길게 줄을 서 있었다.

"먼저 운세부터 뽑아볼까?"

"그거 좋네요. 대길이 나오려나."

"사귄지 얼마 되지도 않았는데 흉 같은 게 나오면 내가 역병신 같은 느낌이 들 테니까 잘 부탁해."

"여, 열심히 뽑을게요!"

우리는 문을 지나 바로 오른쪽에 있던 매점으로 가서, 하나에 100엔인 운세 제비를 각자 구입했다.

점원에게 운세 제비를 받아들고, 나는 우선 토우카 씨를 보았다.

"아, 대길이네."

"아니, 너무 빨리 확인하시네!"

"어? 그러면 안 돼?"

"안 되는 건 아닌데, 이런 건 보통 확인해보기 전까지 뜸을 들이는 시간도 즐거운 포인트 중 하나잖아요!"

"뭐, 딱히 상관없잖아."

"은근슬쩍 대길까지 뽑고."

카미조 토우카, 자판기 대성통곡 사건으로 잃어버린 줄 알았던 운을 어느새 되찾은 모양이었다. 정말, 이 사람은 대체 얼마나 편애받고 있는 거야?

"자, 다음은 나나야 군이야. 얼른 확인해봐, 자자, 얼른얼른."

"그 캐릭터는 대체 뭔가요? 저한테는 제 타이밍이 있는 거라고요."

"그런 건 됐고, 얼른얼른."

왠지 열받네!

"그럼, 확인해볼게요."

들고 있던 운세 제비를 팔랑, 펼쳤다.

Illustrations copyright © YOM

거기에 적혀 있던 것은…….

『말길』

"나나야 군답네."

"그게 무슨 뜻인데요! 말투가 차가워!"

"좋잖아, 말길. 흉도 아니고."

"그렇긴 한데! 왠지 대길한테 눌리는 느낌이 들어! 운세 갑질이라고요!"

"너는 툭하면 그렇게 뭐든지 갑질이라고 하는구나."

"과장님은 갑질당하는 부하의 심정을 모르겠죠."

"자, 과장 갑질!"

"과장 갑질?!"

"여자친구에게 과장님이라고 부르는 무신경한 남자가 하는 행동을 일컫는 말입니다."

"과장님……, 아니, 토우카 씨. 방금 한 말, 한 번만 더 해주실 수 있을까요."

"어……? 과장 갑질?"

"그거 말고요! 그다음 설명!"

"여자친구에게 과장님이라고 부르는 무신경한 남자가 하는 행동을 일컫는 말입니다……. 됐어?"

"헤헤헤헤헤."

"왜, 왜 갑자기 싱글거리는 건데?!"

"여자친구……, 토우카 씨가, 내 여자친구."

"그런 걸 기뻐했던 거야?! 바, 바보 아니야?"

토우카 씨가 내 어깨를 마치 고양이처럼 툭툭, 때렸다.

내 여자친구인 토우카 씨가 말이지!

"운세도 뽑았으니 슬슬 참배를 해볼까요."

"그래, 가자."

나와 토우카 씨는 곧바로 본전으로 이어지는 줄을 섰다. 좀 전보다는 약간 사람이 줄어든 것 같았다.

줄을 서고 있던 도중에 문득 토우카 씨가 말했다.

"나나야 군은 어떤 소원을 빌 거야?"

"으음~, 그러게요. 올해도 좋은 한 해가 되게 해주세요, 려나요."

"대단하네, 감탄이 나올 정도로 알맹이가 없어."

"딱히 상관없잖아요!"

"상관이 없기는. 목표는 구체적으로 세우라고 항상 말했잖아."

"일도 아니니까 좀 관대하게 봐주세요. 그런 토우카 씨는 구체적인 올해의 포부 같은 게 있나요?"

"물론, 확실하게 있지."

"가르쳐주세요."

"어~? 어떻게 할까아."

줄이 천천히 나아가는 와중에 토우카 씨가 장난기 어린 미소를 지었다.

"닮는 것도 아니고, 상사의 포부를 듣고 그 영향을 받아서 의욕이 생기는 부하도 있다고요."

"그럼, 이렇게 사람이 많을 때 서로 떨어지지 않게끔 내 손을 꽉 잡아주는 남자에게만 가르쳐주지~."

"알겠어요. 제가 토우카 씨의 손을 놓치지 않게끔 꽉 잡을게요."

나와 토우카 씨는 서로 미소를 지으며 바라보았다.

그리고 손을 잡…….

"아~! 정말 사람이 많네요~, 진짜! 곤란하다, 곤란해! 이렇게 사람이 많은데, 다른 사람들 앞에서 염장질을 하는 커플까지 있어서 곤란하다, 곤란해! 아, 죄송합니다. 왠지 두 분의 손이 제 두 손에 부딪힌 것 같은데, 치워주실 수 있을까요?"

우리 사이에 자그마한 몸집의 보브컷 소녀가 끼어들었다.

"……오구리이이."

"아! 시모노 선배, 우연이네요! 어머어머, 이쪽에는 카미조 선배도 계셨네. 우연이라는 게 정말 있나 봐요. 왜 그러시죠? 두 분 다 손을 그렇게 꼼지락거리시고."

오구리가 능청스럽게 미처 잡지 못한 우리의 손을 번갈아 가며 보았다.

오구리가 여기 있다는 건…….

"아, 오빠! 우연이네! 뭐야? 뭐야? 코후유랑 손잡고 싶었어? 정말~, 어쩔 수 없네에."

뒤에서 나타난 코후유가 곧바로 내 손을 잡았다.

나와 토우카 씨가 여기 와 있다는 정보를 오구리에게 누설한 게 이 녀석인가?

하지만 방해꾼은 그녀들로 끝이 아닌 모양이었다.

"어라~? 토우카잖아~, 우연이네! 왜 그래? 손이 쓸쓸해 보

190 엄한 여자 상사가 고등학생으로 돌아갔더니 내게 호감을 보이는 이유 4

이네? 비와가 잡아줄게!"

화려한 새해 못지않게 눈에 띄는 옷을 차려입은 카리스마 갸루까지 나타났다.

"비, 비와코, 여긴 어떻게?"

당황한 토우카 씨에게 비와코 선배가 오구리의 어깨를 끌어안으며 대답했다.

"어떻게냐니, 오구오구하고 같이 새해 참배를 하러 왔을 뿐인데? 그치~, 오구오구!"

오구리도 비와코 선배의 어깨를 끌어안고는 대답했다.

"네~, 사콘지 선배! 우리는 사이가 좋으니까요~! 우연히 코후유랑 사콘지 선배하고 새해 참배를 왔더니 우연히 두 분이 계셨을 뿐이죠!"

이봐, 이봐, 이 녀석들, 언제부터 이렇게 사이좋게 지내게 된 거야? 특히 오구리는 비와코 선배를 껄끄러워했었잖아.

"토우카~, 나나노스케 따위랑 참배하지 말고 비와랑 같이 아래쪽에 있는 노점에 가자~."

"시모노 선배~, 카미조 선배랑 참배 같은 거 하지 마시고 코후유랑 같이 밥이라도 먹으러 가요~."

"맞아, 맞아~! 코후유, 배고파~!"

다시 말해 이해관계가 일치해 동맹이라도 맺은 모양이다. 앞으로도 방해해주겠다고 말하긴 했었는데, 설마 이렇게 빠르게 실천에 옮길 줄이야.

시모노 카미조 커플 방해부대가 우리 두 사람 사이를 헤집어놓고 있자니 보호자들이 그제야 고개를 내밀었다.

"아~, 여기 있네, 여기 있어! 이놈~, 비와코랑 오구오구! 과장님네 데이트를 방해하면 안 되지~!"

역시 믿음직스러운 건 소꿉친구뿐이다.

"으엑, 나오퐁, 확실하게 따돌린 줄 알았는데, 의외로 발이 빠르네."

새해부터 후배를 따돌리다니, 이 사람은 대체 어떻게 되어 먹은 선배야!

"이예이~, 이예이~! 왠지 모르겠는데 다들 모여 있네, 히어 위 새해!"

그 말대로 결국, 모두가 모여버렸다.

"아, 오니키치, 새해 복."

그 모습을 보고 토우카 씨가 즐거운 듯이 쿡쿡 웃었다.

"그러고 보니 아직 모두에게 새해 인사를 하지 않았구나. 여러분, 새해 복 많이 받으세요."

토우카 씨를 시작으로 다른 사람들도 일제히 새해 인사를 건넸다.

대충 분위기가 정리되자 나오가 입을 열었다.

"진짜~, 비와코랑 오구오구는 너무 끈질기다니까."

"뭐~? 그래도 둘만 빠져나가다니, 치사하지 않아? 토우카는 나나노스케만의 것이 아니거든?"

"사콘지 선배 말이 맞아요. 두 분 다 아직, 고, 등, 학, 생, 이니까요. 모두 함께 건전하게 놀아야죠."

"말 잘했다! 오구오구! 야~!"

"야~! 사콘지 선배~, 야~!"

진짜 사이좋네!

나는 옆에서 만족스러워하는 코후유에게 귓속말했다.

"너, 이 두 사람에게 내가 새해 참배 간다고 말했지?"

"말했는데, 그게 왜?"

잘못은 요만큼도 없다는 태도가 오히려 대단하다.

에휴, 이제부터는 토우카 씨와 데이트를 하러 갈 때 코후유가 모르게끔 해야겠구나.

"죄송합니다, 토우카 씨. 제가 코후유에게 들켜서 이렇게 떠들썩해져 버렸네요."

"괜찮잖아, 나는 모두 함께 있는 것도 좋아해."

그렇게 말하고 웃으며 그녀는.

"그럼 다 함께 참배하러 가자!"

여자 상사답게 앞장섰다.

◆

새전함에 5엔 동전을 던져서 넣은 다음, 우리는 나란히 서서 손을 마주 모았다.

타임 리프를 한 뒤 처음으로 해를 넘겼다.

나와 토우카 씨가 사회인이었던 시절부터 세었을 때 지금 이 순간이 11년 전이 아닌 10년 전이 되었다는 뜻이다.

시간은 흘러간다.

우리는 다시, 그리고 확실하게 어른이 되어간다.

여기에 나란히 서 있는 친구들과 함께.

나는 한쪽 눈을 뜨고 옆을 보았다.

예뻤다.

눈을 감고 기도하고 있는 그녀는 그날, 그 신사에서 봤을 때와 마찬가지로 정말 예뻤다.

나는 무심코 가슴이 두근거려버렸다.

미래에서도, 과거에서도, 지금도.

내 마음은 변하지 않는구나.

그렇게 실감했다.

◆

참배를 마치고 모두 함께 경내의 돌계단을 내려가던 와중에 토우카 씨가 문득 내 곁으로 다가왔다.

"나나야 군, 내가 6월에 신사에서 빌었던 소원이 뭔지 알아?"

"으음~, 뭐, 저와 마찬가지로 고등학생 시절로 돌아가고 싶다, 아닌가요?"

"물론, 그것도 있는데, 한 가지 더 있어."

"뭔데요?"

"호감을 보이는 여자가 되고 싶다."

"아~."

"아~가 뭐야, 아~가."

"수수께끼가 전부 풀렸을 때의 아~인데요."

"그거구나! 그 배경이 전부 새까맣게 변하고 이렇게 띠리링 소리와 함께 빛줄기가 대각선으로 비추는 그거지! 나도 경험해 본 적 있어!"

"네? 무슨 말씀인지 잘 모르겠는데요. 무섭네."

"뭐야~, 열받네~."

"아하하, 죄송합니다. 그럼 좀 전에 참배했을 때는 무슨 소원을 비셨는데요?"

"그건 안 가르쳐준다고 했잖아."

정말, 고집이 센 사람이다.

나는 그런 그녀의 손을 조용히 잡았다.

"이제, 가르쳐주실 거죠?"

"……정말, 어쩔 수 없네."

토우카 씨는 볼을 약간 붉히며 쑥스러운 듯이 말했다.

"뻔한 거 아니야? 나나야 군하고 계속 함께 있을 수 있게 해달라는 소원을 빌었어."

"전형적이네요."

"그래서 좋지 않아? 흔해 빠졌다는 건 수요가 있다는 뜻이야."

"그렇긴 하죠. 제 수요도 있고요."

"내 수요도 있다는 사실을 잊지 마."

"네, 명심해둘게요."

"그래서, 너는 무슨 소원을 빌었는데?"

"뻔한 거 아닌가요? 토우카 씨하고 계속 함께 있을 수 있게 해 달라는 소원을 빌었죠."

"아~, 따라 했겠다~!"

"아하하!"

나는 토우카 씨의 손을 부드럽게, 그리고 힘차게 잡고는 돌계단을 내려갔다.

언제까지나 그 손을 놓지 않겠다는 듯이.

"이봐~, 나나찌, 밥 먹으러 가자고!"

"자, 나나야랑 과장님도 얼른!"

"아~! 잠깐만, 손잡고 있잖아?! 비와는 용서 못 하겠는데!"

"정말 그렇다니까요! 비와코 선배! 말리러 가요!"

"스승님, 코후유도 도울게!"

그녀에게 어울리는 남자가 아니어도 된다.

그녀와 격이 맞지 않아도 된다.

그녀를 행복하게 해줄 수 있는 남자가 된다면, 그걸로도 충분하다.

나는 모두에게 둘러싸인 이 떠들썩한 일상 속에서 그런 생각을 했다.

이것이 내 두 번째 청춘.

토우카 씨와 함께 지내는, 그리고 모두와 함께 지내는, 처음부터 다시 시작하는 고등학교 생활이다.

── ▎에필로그 엄한 여자 상사가 고등학생으로
돌아갔더니 내게 호감을 보이는 이유

Why is
my strict
boss
melted
by
me ?

6월의 시원한 바람이 불어오는 숲속.

경내에 심어진 나무들이 드리우는 그림자에 몸을 겹치며, 나는 사당 앞에서 손을 마주 모으고 있었다.

11년 전, 첫 번째 스물일곱 살 때, 나는 이 신사에 왔었다.

그날 본 경내의 희미한 기억을 토대로 인터넷에서 많은 신사의 사진을 검색해 본 결과, 그럴싸한 사진을 하나 발견했다.

겨우 사진 한 장에 불과했지만, 나는 그 신사라는 사실을 신기하게도 확신했다.

사진 링크를 통해 들어간 곳에 있던 사이트, 마치 인터넷 초창기에 만들어진 블로그 같은 그 구식 웹페이지에는 신사에 대해 자세한 내용이 적혀 있었다.

그곳은 연애 성취로 유명한 신사. 예전에는 많은 사람들에게 사랑받던 곳이었지만, 수백 년 전에 화재로 인해 전소되어 민중들로부터 잊힌 존재가 되어버렸다고 한다.

이 세상에 만약 초상적인 존재가 실제로 있다면, 정말로 시대를 거슬러 올라가서 처음부터 다시 시작하고 싶었던 건 거기에 모셔진 신이었을지도 모르겠다.

나는 손을 마주 모으고 그런 생각을 하며, 새삼 신에게 말을 걸었다.

"감사합니다."

부드러운 바람이 불었고, 나뭇잎이 소리를 울렸다.

11년 만에 한 감사 인사가 전해진 모양이었다.

두 번째 스물일곱 살이 된 나는 사당을 향해 고개를 크게 숙인 다음, 그곳을 떠났다.

토리이를 지나 경내를 나서자마자 한적한 주택 골목에 오토바이 엔진 소리가 울렸다.

그리고 내 눈앞에 대형 오토바이가 멈췄다.

"이예이~, 이예이~, 나나찌 오래 기다렸지~!"

"아, 오니키치, 데리러 오게 해서 미안해."

"진짜 그렇다니까, 나나찌. 중요한 날에 이렇게 아무것도 없는 곳에서 뭐 하고 있었는데?"

오니키치는 오토바이를 탄 채 의아하다는 듯이 내 뒤쪽을 보았다.

거기에는 울창한 대나무숲이 펼쳐져 있었다.

"거기 가기 전에 꼭 해두고 싶은 게 생각나서 말이야. 오늘 여기에 오면 분명히 만날 수 있을 것 같아서."

"누구를?"

"신."

나는 그렇게 말하며 오니키치와 함께 대나무숲을 바라보았다.

"나나찌는 고등학생 때부터 가끔 이해가 잘 안 되는 소리를 하더라."

"아하하, 뭐, 그럴지도 모르지."

"자, 얼른 타라고. 식까지 시간이 얼마 안 남았어."

"그래, 미안해."

오니키치가 타고 있던 오토바이 뒷자리에 올라탄 다음, 그가 건네준 헬멧을 썼다.

"그럼, 좀 빠르게 갈 테니까, 꽉 잡고 있으라고!"

"그래! 잘 부탁해!"

액셀을 밟자 오토바이가 급가속하며 발진했다.

타임 리프를 했던 그 6월으로부터 11년이 지난 오늘.

우리가 향한 곳은————.

결혼식장이다.

◆

식장 입구에 도착하자 자동문 앞에 드레스를 입은 예쁜 여자가 서 있었다.

"아, 나나야, 왔네. 정말, 너는 예전부터 그렇게 소란을 피운다니까."

"미안, 미안, 나오."

"정말, 이런 날까지 갑자기 조마조마하게 만들지 말라고."

화가 잔뜩 난 소꿉친구를 본 나는 우선 오토바이에서 내렸다.

"나나찌, 주차장에 오토바이를 세우고 올 테니까, 나오랑 먼저 가 있어."

"그래, 고마워, 오니키치. 사랑해."

"나도 마찬가지야!"

부우우우웅, 엔진 소리를 울리며 오니키치가 오토바이와 함께 지하 주차장으로 사라졌다.

"너희들, 20대 후반이 되었는데도 아직 그런 분위기야?"

"남자는 언제까지나 소년이라고."

"그래, 그래, 결혼할 상대는 오니키치가 아니거든?"

"나도 알아."

나오를 따라 식장 로비로 들어가 위층으로 이동하기 위해 엘리베이터를 기다렸다.

"일은 순조로워? 나오."

"응, 지금은 유학을 희망하는 학생들을 보조해주는 일을 하고 있어. 배낭여행으로 해외를 돌아다닌 경험이 꽤 도움이 되는 것 같아. 고등학생 시절에 나나야가 상담해준 덕분일지도 모르지."

"그런 건 상담이라 할 수도 없고, 너는 내게 그 이야기를 하지 않았더라도 그런 길로 나아갔을 거야."

"뭐야? 나나야는 요즘 점쟁이라도 된 거야?"

"그럴 리가 없잖아. 그냥 평범한 회사원이라고."

"뭐, 나나야에게는 평범한 게 어울리니까. 인생을 살다가 지치면 언제든 내 가슴을 빌려줄게."

"그 나이까지 먹고 그런 말을 하면 그냥 치녀니까 그만둬."

"그래, 그래."

나오가 혀를 내밀었을 때 마침 엘리베이터가 도착했다.

문이 열리고 여자 두 명이 나타났다.

"아, 오빠. 뭐 하고 있었어? 위에서는 난리가 났는데."

"으엑~, 안 가고 싶네~."

나온 건 코후유와───.

"시모노 선배, 오랜만이에요."

"오랜만이라니, 항상 회사 건물에서 만나고 있잖아, 오구리."

"만나도 이야기는 별로 안 해주시잖아요. 비꼬는 거라고요."

"그래, 그래."

나와 나오는 그 두 사람과 교대하듯 엘리베이터에 탔다.

"오구오구, 코후유, 나중에 차 한잔하자."

나오가 엘리베이터가 닫히기 전에 두 사람에게 그렇게 말했다.

"네, 나오 선배."

"오빠를 잘 부탁해, 나오."

뭐, 어른이 되니 반항기도 끝났고, 그렇게 나오에게 툴툴거리던 두 사람도 지금은 사이좋게 지내고 있다.

엘리베이터가 우리를 데려다준 곳은 4층.

문이 열리자 융단이 깔린 긴 복도가 이어졌다.

"대기실은 이쪽이야."

"그래."

나오를 따라 걸어가 보니 어떤 방 앞에 엄청난 미남이 기다리고 있었다.

"여어, 시모노 군, 늦었네."

"죄, 죄, 죄, 죄송합니다! 유이토 씨!"

"아하하, 딱히 화가 난 건 아니야. 안에 화가 난 사람이 있다는 예고라고 해야 하나."

유이토 씨는 그렇게 말하며 엄지손가락으로 문을 가리켰다.

"나오도 고생 많았어."

유이토 씨가 나오에게 말했다.

"응, 그럼 이다음은 나나야에게 맡기고 우리는 아래에서 기다릴까? 유이토."

나오가 대답했다.

아, 말하는 걸 깜빡했는데, 지금 나오의 이름은 나카츠가와 나오가 아니다.

카미조 나오다.

고등학생 시절에 언젠가 놀이공원에 갔을 때, 나오는 유이토 씨가 정말 마음에 들었는지 내가 모르는 곳에서 맹렬하게 대시했던 모양이다.

그 결과, 두 사람은 부부가 되었다.

유이토 씨가 떠나가면서 내게 귓속말을 했다.

"시모노 군, 나는 계속 신경 쓰이는 게 있어서 가설을 하나 세워봤어. 혹시 너희가 고등학생 시절에 미래에서 정신만 거슬러 온 거 아닐까 하고 말이야. 이른바 타임 리프라는 거지. 만약에 그렇다면 이것저것 앞뒤가 들어맞는 게 많았거든."

"무, 무슨 말씀을 하시는 거예요? 유이토 씨."

"아하하, 어디까지나 가설이야. 그렇다면 원래 미래에서는 나와 나오가 맺어졌을까? 그렇지 않다면 역사를 바꾸어준 너희에게 고마워해야겠지. 나는 지금 정말 행복하니까. 자, 다음은 자네 차례야. 다녀오도록 해."

"유이토~, 뭐 하고 있어~? 얼른~."

"그래, 지금 갈게."

유이토 씨는 평소처럼 시원스러운 윙크를 내게 보이고는 나오 곁으로 뛰어갔다.

내가 보기에도 이상적인 부부다.

나는 그가 한 말을 곱씹으며 대기실 문을 노크했다.

그리고, 문을 열었다.

안으로 들어가자 길고 예쁜 금발의 헤어 스타일리스트분이 흑발 여자의 머리를 다듬고 있었다.

"응, 괜찮은 느낌이야. 완성."

"고마워, 비와코."

의자에 앉아 있던 흑발 여자가 거울을 보며 그녀 뒤에 서 있던 헤어 스타일리스트분에게 감사를 전했다.

나도 그녀들 곁으로 다가가 고개를 숙였다.

"감사합니다, 비와코 선배."

"오! 나나노스케, 이제야 왔구나. 어때? 토우카, 예쁘지?"

오늘 헤어메이크를 담당해준 미용사인 비와코 선배가 저쪽을 보라며 눈짓을 보냈다.

나는 그 눈짓에 맞춰서 거울을 보았다.

아름다웠다.

웨딩드레스를 입은 사람, 내가 가장 사랑하는 사람은 지금까 지 봐왔던 그 누구보다 아름다웠다.

"완전히 지각한 신랑이 이제야 뭐 하러 온 걸까나?"

"신경 쓰지 마, 나나노스케. 당일 이혼만은 피하라고."

비와코 선배가 내 어깨를 두드렸다.

"비, 비와코 선배~. 가지 마요~."

"무슨 소릴 하는 거야? 단둘이서 오붓하게 부부만의 시간을 보내라고. 최후로 말이지."

"최후라고 하지 마요~."

비와코 선배는 헤헤 웃으면서 화장 도구를 정리하기 시작했다.

"그럼, 토우카, 나중에 보자."

"······비와코!"

"응? 왜 그래?"

"너하고······, 너하고 사이좋게 지낼 수 있게 되어서, 정말 다행이야. 고마워."

"아하하! 고등학생 때, 처음에는 그렇게 비와를 피해 다녔으면서."

"네가 그렇게나 툴툴거렸으니까 그렇지!"

"그랬나? 10년 이상 지난 일이라 잊어버렸는데. 빵 터지네."

"정말, 너는 참."

"토우카, 비와도 너랑 사이좋게 지낼 수 있게 되어서, 엄청 행복해."

"······응, 고마워."

"그럼, 나나노스케, 열심히 해라~."

화려한 금발을 나부끼며 비와코 선배가 대기실에서 나갔다.

남은 사람은 나와 토우카 씨.

"그래서? 중요하디 중요한 결혼식 날에 대체 어디 갔었던 거야? 시모노 나나야 군."

"으으……. 토우카 씨, 회사에 있는 것처럼 무서워. 오늘은 과장님을 봉인하라고."

"납득이 되는 이유를 말해주면, 봉인해줄게."

설마 결혼식 당일에 저 매처럼 날카로운 눈빛을 보게 될 줄이야.

"신사에 다녀왔어."

"신사?"

"응, 우리가 첫 번째 사회인 시절에 갔었던 신사."

"있었어?!"

"있던데. 확실하게 고맙다는 인사를 하고 왔지."

"……그래. 그 신사 덕분에 오늘 같은 날을 맞이할 수 있게 된 거니까."

토우카 씨는 부드러운 눈빛으로 천장을 올려다보았다.

"어때……? 납득할 만한 이유였어?"

"으음~, 뭐, 합격점이려나."

"까다롭네!"

"너그럽게 봐줘서 합격점이야."

"목숨을 겨우 건졌다는 뜻이구나!"

"이혼은 하지 않는 걸로 할게."

"역시 그것까지 염두에 두고 있었어!"

"우후후, 농담이야."

"정말, 무서운 농담 하지 말라고."

나는 잠깐 뜸을 들이다가 거울에 비친 웨딩드레스 차림의 그녀를 보았다.

"멋지다, 토우카 씨."

그러자 그녀가 쑥스러운 듯이 볼을 붉혔다.

"정말, 바보 아니야?"

그런 반응은 여전하다.

하지만 나는 그런 토우카 씨를 사랑한다.

"진심을 말했을 뿐인데."

나도 마찬가지로 쑥스러워하며 말했다.

창문에서 따스한 봄 햇살이 스며들었다.

문득, 토우카 씨가 거울 너머로 내 얼굴을 보고 웃었다.

그리고 부드러운 목소리로 말했다.

"정말 좋아해, 나나야 군."

부드러운 미소를 지은 그녀는 무척이나 아름다웠다.

인생이라는 건 알 수 없는 일투성이다.

그렇기에 후회되는 것을 처음부터 다시 시작하고 싶다고, 그렇게 생각할 때가 몇 번이나 있다.

하지만, 시간을 거슬러 올라가서 두 번째 인생을 처음부터 다시 시작한다 해도, 여전히 거기에는 알 수 없는 것들이 많이 기다리고 있는 것이다.

만나지 못했던 친구들과 만나거나.

경험하지 못했던 추억이 늘어나거나.

불안한 것도 많지만, 그만큼 행복한 것들도 잔뜩 기다리고 있다.

그렇게 모르는 것들로만 넘쳐나던 인생 중에서 단 한 가지, 확실하게 알게 된 것이 있다.

엄한 여자 상사가 고등학생으로 돌아갔더니 내게 호감을 보이는 이유.

그것은 우리가 쌍방향의 짝사랑을 했기 때문이 아니라———.

서로 사랑했기 때문이다.

끝

후기

토쿠야마 긴지로입니다. 후기입니다.

본편을 읽어주셔서 감사합니다. 그리고 『엄한 여자 상사가 고등학생으로 돌아갔더니 내게 호감을 보이는 이유』를 지금까지 애독해주셔서 감사합니다. 이 작품은 이번 권으로 완결입니다.

개인적으로 이 작품은 작가의 길을 걷기 시작한 저에게 터닝 포인트가 되었던 것 같습니다. 계속 꿈꾸던 러브코미디를 쓰게 되어서 기쁘기도 했지만, 라이트노벨이 대체 뭘까 하는 생각도 들곤 했습니다. 그리고 많은 분들께서 응원해주셔서 무사히 저다우면서도 납득이 되는 결말을 맞이할 수 있었습니다.

이것도 많은 분들께서 힘써주신 덕분입니다. 우선 이 작품에 관여하셨던 모든 분들께 감사의 말씀을 전해드립니다. 감사합니다.

그리고 이 작품 이야기를 할 때는 빼먹을 수 없을 정도로 힘을 많이 써주신 요무 선생님께도 다시 한번 감사의 말씀을 드립니다.

돌이켜보니 일러스트레이터분이 아직 정해지지 않았던 시리즈 1권 초고 단계에서는 제 머릿속 이미지만으로 캐릭터를 움직이고 있었습니다. 하지만 요무 선생님께서 일러스트를 담당해주시게 되고 처음 디자인을 보았을 때, 제 머릿속에 있던 캐릭터들이 현실에 구현화된 것 같았고, 그 이후로는 요무 선생님께서 그려주신 토우카, 요무 선생님께서 그려주신 나나야 같은 캐릭터들이 제 머릿속에서 이리저리 움직이기 시작했습니다.

요무 선생님께서 그려주신 토우카가 너무 좋아서 새해 첫 꿈에 나올 정도였습니다. (웃음)

토우카와 다른 캐릭터들에게 생명을 불어넣어 주셔서 정말 감사합니다.

그리고 2인3각으로 함께 달려와 주신 담당 편집자분께도 정말 감사하고 있습니다. 담당 편집자분 덕분에 정말 좋은 작품을 만들 수 있었던 것 같습니다. 앞으로도 잘 부탁드립니다.

마지막으로 『엄한 여자 상사가 고등학생으로 돌아갔더니 내게 호감을 보이는 이유』를 이 4권까지 함께 해주신 독자 여러분. 신인 작가였던 저게 용기와 사랑을 잔뜩 선물해주셔서 감사합니다. 약소하나마 최고의 4권을 보내드릴 수 있게끔 노력했습니다. 즐겨주셨다면 다행일 것 같습니다.

이렇게 이별 분위기를 잡긴 했습니다만, 사실 『엄한 여자 상사가 고등학생으로 돌아갔더니 내게 호감을 보이는 이유』는 아직 이별하는 작품이 아닙니다!

코미컬라이즈됩니다! 만화에서 과장님 같은 캐릭터들이 다시 또 엄청나게 날뛸 테니 부디 기대해주시길!

앞으로도 부디 잘 부탁드립니다.

토쿠야마 긴지로

역자 후기

안녕하세요, 천선필입니다.

『엄한 여자 상사가 고등학생으로 돌아갔더니 내게 호감을 보이는 이유』 4권, 재미있게 읽으셨는지 모르겠습니다.

4권 표지부터 토우카가 웨딩드레스를 입고 있어서 혹시나 싶긴 했는데, 이 시리즈는 이렇게 막을 내리게 되었습니다. 사실 요즘은 표지에 웨딩드레스를 입은 캐릭터가 나오더라도 결혼을 하지 않는 함정인 경우(……)도 많은데, 이 작품은 있는 그대로, 솔직하게 결혼 엔딩을 맞이했네요. 그렇게 클리셰를 비튼 것을 한 번 더 비틀었다는 느낌도 들어서 오히려 신선하다는 느낌도 드는 것 같습니다. 결혼하면서 이야기를 마무리 짓고, 그 이후로 오래오래 행복하게 살았답니다라는 결말은 어떻게 보면 왕도니까요. 그런 의미에서는 딱히 문제가 될 것도 없이 깔끔한 결말이었다는 생각도 드네요.

일본 같은 경우에는 군대가 없고, 만 나이를 써서 그런지 20대 후반 결혼이 꽤 이른 것 같다는 느낌도 듭니다. 사실 부모님 세대 같은 경우에는 20대 중후반이라는 나이에 결혼하는 경우가 대부분이었고, 20대 초반에 결혼하는 경우도 그리 드물지 않았다고 합니다. 지금은 많은 요인들이 겹쳐서 20대 후반은커녕, 30대 초반 결혼도 꽤 일찍 하는 축에 속하죠. 회사를 다닐 때도 정말 결혼식에 많이 다녔는데 거의 대부분이 30대 중후반 결혼이었고요. 저는 아직 미경험자라 잘 모르겠습니다만, 기혼자분들 이야기를 들어보면 일찍 하는 게 좋다고는 하네요.

개인적으로는 에필로그에서 후일담을 길게 풀어주면서 그 이후에 캐릭터들이 어떻게 되었는지 보여주는 걸 좋아하기 때문에 약간 아쉽다는 생각도 듭니다. 은근히 존재감을 드러내던 여동생 코후유와 이야기에서 큰 비중을 차지했던 비와코, 최종보스 역할을 맡아서 긴장감을 가져다 주었던 오구리까지, 약간이나마 언급되긴 했지만, 주인공과 히로인이 10년이 지나 결혼하게 되었다면 다른 캐릭터들은 어떻게 바뀌었을까 하는 생각이 여운처럼 진하게 남아있는 느낌이네요. 독자 여러분께서는 다 읽으시고 어떻게 느끼셨을지 궁금합니다.

이런 생각을 하면서 『엄한 여자 상사가 고등학생으로 돌아갔더니 내게 호감을 보이는 이유』 4권을 번역하였습니다. 매번 그랬듯이 감사의 말씀 드리고 후기를 마치려 합니다.

항상 신경을 많이 써주시는 담당 편집자분, 그리고 책을 내는 데 도움을 많이 주신 소미미디어 관계자 여러분, 그리고 가족 여러분. 감사합니다.

그 누구보다 감사드리고 싶은 분은 독자 여러분입니다. 제가 이렇게 무사히 번역을 마치고 후기를 쓸 수 있는 것도 독자 여러분 덕분이라 생각합니다. 진심으로 감사드립니다.

다시 찾아뵙게 될 때까지 행복한 하루 보내시길 바랍니다.
감사합니다.

천선필

KIBISHII ONNA JOSHI GA KOKOSEI NI MODOTTARA ORE NI DEREDERE SURU RIYU 4
~ RYOKATAOMOI NO YARINAOSHI KOKOSEI SEIKATSU ~
Copyright © 2022 Ginjirou Tokuyama
Illustrations copyright © 2022 YOM
Korean translation rights arranged with SB Creative Corp.
through Japan UNI Agency, Inc., Tokyo

엄한 여자 상사가 고등학생으로 돌아갔더니 내게 호감을 보이는 이유 4

2023년 1월 15일 1판 1쇄 발행

저　　　자 | 토쿠야마 긴지로
일 러 스 트 | 요무
옮 긴 이 | 천선필
발 행 인 | 유재옥
본 부 장 | 조병권
담 당 편 집 | 박치우
편 집 1팀 | 김준균 김혜연 박소연
편 집 2팀 | 정영길 조찬희 박치우 정지원
편 집 3팀 | 오준영 곽혜민 이해빈
디 자 인 | 김보라 박민솔
라 이 츠 | 김정미 맹미영 이승희 이윤서
디 지 털 | 박상섭 김지연
발 행 처 | (주)소미미디어
인쇄제작처 | 코리아피앤피
등　　　록 | 제2015-000008호
주　　　소 | 서울시 마포구 토정로 222, 403호(신수동, 한국출판콘텐츠센터)
판　　　매 | (주)소미미디어
영　　　업 | 박종욱
마 케 팅 | 한민지 최정연 최원석
물　　　류 | 허석용 백철기
전　　　화 | (02)567-3388, Fax (02)322-7665

ISBN 979-11-384-3553-6
ISBN 979-11-384-0602-4 (세트)